I0761312

JOSÉ LUIS CAMACHO

LA CONSPIRACIÓN REPTILIANA

Y OTRAS VERDADES QUE IGNORAS

MENTE Y SABIDURÍA

aquari

Obra editada en colaboración con Editorial Planeta – Perú

Bajo el sello editorial AQUARI M.R.
Avenida Presidente Masarik núm. 111,
Piso 2, Polanco V Sección, Miguel Hidalgo
C.P. 11560, Ciudad de México
www.planetadelibros.com.mx

Diseño de portada e interiores: Departamento de Diseño de Ediciones Aquari
Corrección de estilo: Leila Samán

Primera edición impresa en Perú: febrero de 2022
ISBN: 978-612-48780-5-3

Primera edición impresa en México: abril de 2022
ISBN: 978-607-07-8627-3

Impreso en los talleres de Impresora Tauro, S.A. de C.V.
Av. Año de Juárez 343, Col. Granjas San Antonio,
Iztapalapa, C.P. 09070, Ciudad de México
Impreso y hecho en México / *Printed in Mexico*

Índice

INTRODUCCIÓN

El libro que tiene en sus manos cambiará su forma de ver el mundo, un mundo en el que de manera sistemática nos han ocultado información vital y han conspirado contra nosotros para apoderarse de nuestras almas.

Un mundo que no es real, una realidad que solo percibimos parcialmente; un espejismo que los antiguos brahmanes definían como Maya, el lugar donde vivimos y que es una simple cárcel para nuestra mente y nuestro espíritu.

Somos esclavos de esta Matrix, nos han impuesto la supervivencia y la competitividad como premisa y la productividad como rol. El ser humano, inconsciente de su propia condición, nunca se ha rebelado contra esta Matrix. Es un perfecto esclavo y, por consiguiente, nunca actúa contra aquello que desconoce. Pero llegados a este punto, nos asaltan inevitablemente una serie de preguntas: ¿esclavos de quién?, ¿desde cuándo? y, sobre todo, ¿por qué somos esclavos inconscientes?, ¿qué es lo que nuestros carceleros sacan de nosotros y obtienen de nuestras vidas?

La especie humana es muy joven en comparación con otras especies que han evolucionado durante muchos millones de años más que nosotros y, por supuesto, antes de que apareciera el hombre. Me estoy refiriendo a los grandes Reptiles que desaparecieron de forma misteriosa, prácticamente de la noche a la mañana, sin que la ciencia haya podido explicar debidamente esa extinción masiva, achacándola al impacto producido por un meteorito en el golfo de México que hizo imposible su subsistencia. Sin embargo, como veremos en este libro, dicha teoría del impacto del meteorito no tiene solidez alguna, en lo que a datación se refiere, al no coincidir en el tiempo, pero por alguna razón se nos han ocultado estos datos.

En este libro hablaremos de cómo los Reptiles nos dominan y nos gobiernan. Estos seres han dictado nuestras leyes, nos han impuesto códigos de conducta y nos han hecho venerar el dinero como bien supremo. Ya en la antigüedad, hace 70 mil años, se adoraba a los dioses reptiles, según demuestra el reciente descubrimiento del primer culto a una entidad reptil en Botsuana.

También analizaremos cómo estas entidades, a lo largo de la historia, han colocado en importantes puestos de poder mundial a sus grandes aurigas, como dictadores, emperadores, faraones, reyes, presidentes, primeros ministros, etc., que han llevado a la raza humana a guerras y genocidios, causando innumerables desgracias y un sinfín de dolor.

Les mostraremos que existe una hermandad con vínculos de sangre que en la actualidad controla todo el poder financiero, político, industrial, mediático y militar de todo el mundo. Y que esa hermandad opera para justificar las guerras, crear las crisis, controlar nuestras costumbres, nuestras religiones, nuestras creencias, nuestras diversiones... También veremos cómo genera escasez de bienes y destruye nuestra auténtica espiritualidad para mantenernos bajo control. Una hermandad que saquea el planeta y lo justifica con el bien común. Esa hermandad y esas entidades reptilianas han sido percibidas por los grandes chamanes de todo el mundo, quienes afirman que pueden mostrarse ante nuestros ojos con un aspecto que no es el real, de ahí que se les llame los «cambiantes», y que son capaces de controlar la voluntad humana de un modo que para nosotros raya con lo mágico y que muy posiblemente obedezca, sencillamente, a una evolucionada tecnología.

Estas entidades aparecen en todos los grandes libros sagrados, desde el Popol Vuh y el Mahabharata hasta el Corán, la Biblia y la Torah, entre otros. Están presentes incluso en las miles de tablillas de arcilla halladas bajo las arenas del desierto en la ciudad de Nínive, que constituyen los primeros documentos escritos por el ser humano. En ellas se relata el origen de nuestra especie y ya se habla de esos dioses reptiles que crearon al ser humano a su imagen para utilizarlo como esclavo, de la misma manera que nosotros utilizamos al ganado para que trabaje por nosotros y nos proporcione alimento.

Pensar que el ser humano está en la cima de la cadena alimenticia es una infantil ilusión. Es una concepción evolucionista muy limitada que propone que la planta se alimenta del mineral, el herbívoro de la planta y el carnívoro del herbívoro, y coloca al ser humano como rey de la creación que se alimenta de todo lo que está por debajo; pero del mismo modo que la planta no percibe al herbívoro, nosotros tampoco percibimos a esos entes superiores. En este documento hablaremos de la forma especial en la que se alimentan de nosotros.

Estas entidades, para llegar a su objetivo, han estado detrás de los grandes acontecimientos de la historia, en algunas ocasiones implicándose directamente; en otras, utilizando a sus sicarios para ejecutar importantes planes que han cambiado el rumbo de la humanidad.

A lo largo de estas páginas veremos que nada en este mundo funciona como debería funcionar, descubriremos que siempre hay un factor que se sale de la ecuación. Comprobaremos cómo han sabido ponernos una venda en los ojos y nos han llevado por un sendero en el que jamás desarrollaremos ese potencial divino que nos ha sido robado.

Hablaremos también de un poder que poseemos y que es capaz de otorgarnos riqueza, una energía creadora con la que hemos nacido y que ha sido reprimida por esos carceleros hasta convertirnos en supervivientes del sistema.

Mostraremos cómo los grandes acontecimientos de la historia tenían un telón de fondo totalmente distinto del que nos han contado. Cómo lo que creemos que es cierto, porque nos lo han repetido miles de veces, es falso. Analizaremos por qué han manipulado importantes hechos históricos, desde la más remota antigüedad hasta los acontecimientos de máxima actualidad.

Un mundo donde una especie de seres poderosos nos han dominado y enfrentado en su propio beneficio, seres que están por encima de nosotros en la escala evolutiva, seres que nunca podríamos ni entender ni imaginar, como la hormiga jamás podría entender ni imaginar al ser humano.

Hablaremos de la entidad del dinero, de cómo fue creada para dominarnos introduciendo la sensación de escasez en nuestra mente. De cómo la actual crisis ha sido forjada en una agenda secreta que opera al servicio de entes situados en la cima de la pirámide planetaria.

Quizá seamos solo una granja humana...

Le explicaremos también cómo vencer y salir airoso de esta Matrix, cómo despertar ese poder divino que nos ha cercenado el entorno y cómo obtener la felicidad y la abundancia en un mar de dificultades. Aún hay posibilidades de prosperar en Maya y salir de esta cárcel que los hindúes definían como la Rueda del Samsara.

Llegados a este punto, el atónito lector se preguntará cómo he llegado a estas conclusiones. Soy consciente de que usted tiene unas creencias que le han sido inculcadas desde niño y que forman parte de sus convicciones más profundas y que, literalmente, van en contra de todas las afirmaciones que vamos a efectuar en estas páginas. Analizaremos numerosas conspiraciones que abrirán sus ojos y que despertarán en usted una nueva escala de valores que, posiblemente, haga temblar sus viejas creencias. Asimismo le explicaremos detalladamente cómo esas entidades han desarrollado una estrategia de control total sobre el ser humano, tan perfecta y tan profundamente grabada en su mente que ha provocado en usted no solo la adaptación a esta Matrix impuesta, sino incluso su defensa a ultranza, perpetuándola en el tiempo.

He recorrido un largo camino hasta llegar a estas conclusiones, han sido innumerables horas dedicado a la investigación hasta que a finales de 1996 tomé la decisión de compartir mis hallazgos publicándolos en Internet. Aquellas primeras y sencillas webs de entonces fueron la plataforma desde la que me di a conocer de una manera más global. Pero antes de la existencia de Internet, intercambiaba información utilizando la red Ibertex y, antes de que existiese Ibertex, a principios de los años noventa, ya compartíamos información telemática a través de viejos módems y BBS con información internacional sobre cuestiones que los grandes medios de comunicación no trataban.

En 1999 contábamos con una web especializada en misterios y conspiraciones llamada *Lo Oculto,* que tuvo una gran aceptación por parte de los internautas que seguían nuestras investigaciones sobre la conspiración global. Todo esto nos animó a fundar en 2005 *Mundo desconocido,* que cuenta en la actualidad con casi 1600 artículos dedicados a la investigación de conspiraciones, enigmas y misterios, así como de las entidades que, ocultas en la sombra, dirigen el destino de la humanidad y, por ende, el de su vida.

En el año 2007 pusimos en marcha el proyecto *Mundo desconocido* en YouTube, y en la actualidad contamos con más de 500 vídeos donde, de manera gráfica, hablamos de todos estos interesantes temas. En estos momentos, se reproducen mensualmente tres millones de vídeos y el proyecto cuenta con una cifra cercana a los 400 mil suscriptores, que siguen nuestros artículos y conclusiones.

Este crecimiento progresivo nos permite pensar que hay algo en la mente o en el subconsciente de aquellos que siguen con interés las teorías e investigaciones propuestas por *Mundo desconocido.* Esto nos permite pensar que estamos acercándonos mucho a una verdad que se ha mantenido oculta durante milenios a los ojos del ser humano. Y sin más dilación, os dejamos ya con estas páginas en las que hemos recopilado abundante información, inédita hasta la fecha.

CAPÍTULO 1

NADA FUNCIONA COMO CREEMOS

Decía Jordan Maxwell que nada funciona como nosotros creemos que debería funcionar. En realidad, y de manera resumida, podemos asegurar que este veterano productor de Hollywood estaba afirmando que «nada es lo que parece», siempre hay algo más en la historia, y lo cierto es que así es. Quizá la policía no esté solo para proteger a los ciudadanos, ni la medicina para curarnos, o nuestros respetables políticos para atender los intereses de las personas a las que representan. Quizá lo que pretendan sea algo diametralmente opuesto a lo que a usted le han hecho creer.

En una ocasión, realicé un amplio estudio sobre 75 mil partidos de tenis. De cada partido incluí todos los datos más relevantes: jugadores, *ranking*, estado, resultado, valoración de apuestas deportivas, etc. Finalmente, y para mi sorpresa, después de ejecutar el programa que diseñé para analizar todos los datos, descubrí que muchísimos partidos estaban amañados. ¡El porcentaje era superior al 20 %! Curiosamente, la federación encargada de regular el juego, aparentemente y de manera regular, expulsaba a algunos jugadores cada cierto tiempo y endurecía las reglas impidiendo que los tenistas pudiesen apostar contra ellos mismos cuando eran favoritos.

Paradójicamente, se dio la circunstancia de que el *software* que había desarrollado me entregaba los datos por periodos y, en las fechas en las que la federación endurecía las normas o expulsaba a algunos tenistas que jugaban sucio, el programa me indicaba que el juego limpio crecía porcentualmente. Asimismo, cuando pasaba un tiempo y mediáticamente todo se había olvidado, los tenistas volvían a echarse en brazos del dios dinero en vez de jugar honradamente. Y es que la vida profesional de un tenista dura entre diez y 15 años, tiempo en el que deben obtener los máximos rendimientos económicos, ya sea utilizando el camino A o el camino B. Así pues, es evidente que, en muchos casos, el deporte profesional se asienta sobre una gran mentira; por consiguiente, Jordan Maxwell no andaba muy equivocado.

Pero la pregunta más importante no es en qué nos mienten. La cuestión que debemos desentrañar es por qué. Solo así descubriremos la clave, celosamente guardada y mantenida en secreto, que ninguno de ustedes haya podido imaginar.

Nacemos con la idea de que las instituciones internacionales o nacionales más importantes tienen una función específica, pero nunca sospechamos que detrás se esconde la ofuscación, la mentira, los intereses y, por supuesto, su propia supervivencia a cualquier precio, por encima de la imagen mediática que tenemos de la institución.

Sé que muchos de ustedes estarán pensando que existen organizaciones no gubernamentales (ONG) con fines totalmente filantrópicos. Ciertamente así es, pero, lamentablemente, un buen número de ONG son literalmente chiringuitos gracias a los que se lucran sus gestores, que viven a cuerpo de rey. Coches de alta gama, hoteles de lujo y carísimos relojes suizos salen de los beneficios, mientras que a la obra social que presuntamente representan se dedica un importe mínimo. Yo mismo tuve la oportunidad de conocer de cerca una de estas ONG donde el dinero se dedicaba porcentualmente a satisfacer plenamente las más lujosas necesidades de su junta directiva, que, por supuesto, cambiaba sus miembros cada cierto tiempo, pero lo hacía mediante una rotación de los diferentes cargos que aseguraba la permanencia de la «cúpula».

Recuerdo, por poner un ejemplo, la ONG francesa Arca de Zoé, que intentó sacar a 100 niños de la República de Chad y Sudán para llevárselos a Francia, donde presuntamente pretendía darles asistencia médica, pero el Gobierno francés descubrió que en realidad se trataba de una operación clandestina destinada al tráfico de niños con edades comprendidas entre uno y 11 años. ¿Para qué querían realmente a los niños? Al parecer, adineradas familias francesas habrían ofrecido entre 2800 y seis mil euros por cada niño[1]. Podría citar más casos, como las implicaciones del Fondo Mundial para la Naturaleza, conocido por sus siglas en inglés WWF (World Wildlife Fund for Nature), en el tráfico ilegal de marfil durante 1963 en Uganda, donde presuntamente organizaron el exterminio de 2500 elefantes y cuatro mil hipopótamos; o las varias ONG repartidas por el mundo que se dedican veladamente al espionaje de alto nivel. Como vemos, ni las ONG se libran de ese «nada es lo que parece» que decía Jordan Maxwell. Me pregunto si alguna de ellas no será una tapadera para probar en humanos vacunas antes de distribuirlas en Occidente. En 2010 se descubrió a un grupo de diez religiosos baptistas estadounidenses que, también presuntamente, secuestraban niños en Haití para llevarlos a la República Dominicana. Se demostró que esos niños no eran huérfanos, sino robados, y que sus padres vivían. La directora de la ONG dijo lo siguiente: «Nuestro equipo fue arrestado ilegalmente y estamos haciendo todo lo posible por aclarar este malentendido», pero lo cierto es que los integrantes de dicha ONG no disponían de permisos para el traslado de los niños[2]. ¿Adónde los llevaban? Si no eran huérfanos y tenían familias, es fácil imaginar su destino final.

---

1. «Una pareja demanda a la ONG detenida en Chad tras pagar 2.400 euros por un niño», *El Mundo* (España), 2 de noviembre de 2007. https://www.elmundo.es/elmundo/2007/11/02/internacional/1193998342.html.
2. «La mayoría de los niños que 10 estadounidenses sacaban de Haití tienen familia», *El Mundo* (España), 31 de enero de 2010. https://www.elmundo.es/america/2010/01/31/noticias/1264966438.html.

La honesta organización Aldeas Infantiles SOS (SOS Children's Villages) denunció, por su parte, que una de las niñas secuestradas, de pocos meses, sufría malnutrición, y el ministro haitiano de Asuntos Sociales, Yves Cristallin, afirmó que «era un robo de niños, no una adopción». Los escándalos de este tipo no son pocos, y encontramos que la mayoría es una «gran tapadera» en la que el descontrol arrecia bajo una imagen populista y mediática.

También podríamos hablar de sindicatos... Recuerdo que, cuando desempeñé mi labor dentro de la federación provincial, uno de los máximos responsables nacionales nos fiscalizaba hasta la última peseta y nos aconsejaba «comprar panchitos» a los afiliados en las celebraciones sindicales. Recientemente, este sujeto ha sido imputado como una de las cabezas responsables de la trama de los ERE por defraudar más de seis millones de euros. Curiosamente, este tipo tenía un despacho muy austero, vestía sencillamente y conducía un modesto vehículo. Una imagen vale más que mil palabras, pero en este caso solo era una representación teatral que escondía un trasfondo que, finalmente, ha salido a la luz.

No hablaré de los políticos, ya que en España somos unos auténticos plusmarquistas y en materia de corrupción hemos dejado a países tradicionalmente corruptos a la cola. Recordemos el informe de la Comisión Europea[3] donde se afirmaba que el 95 % de los españoles percibía una corrupción generalizada y que dicha corrupción iba directamente en detrimento de las necesidades ciudadanas. Además, en los países de la Unión Europea elevaba a un total de 120 000 millones los euros defraudados por los políticos europeos, el equivalente al PIB de Pakistán. Estamos, pues, inmersos en un mar de mentiras y nos afanamos en tapar la lepra con maquillaje y cirugía estética, en un intento desesperado de ocultar esta ponzoña que nos infecta desde los tiempos más remotos.

---

3. EU Anti-corruption Report 2014. Chapter Spain. *European Commission*. https://ec.europa.eu/home-affairs/system/files/2020-09/2014_acr_spain_chapter_en.pdf

No pensemos que esto nació con la llamada Revolución Industrial. El problema se remonta a las primeras culturas que se asentaron en la vieja Persia, actual Irán, donde el poderoso Darío el Grande, hace 2400 años, financiaba a políticos corruptos de Atenas y Macedonia, así como actos terroristas dentro de las polis o ciudades más importantes del Egeo.

Por consiguiente, si nada es lo que parece y la conspiración es generalizada, entonces la llamada «teoría de la conspiración» deja de ser una teoría y se transforma en una ley: «la ley de la conspiración», con un funcionamiento tan mecánico como la ley de la gravedad.

Cuando compras un boleto de lotería, en *teoría* te puede tocar, pero cuando compras miles de ellos, esa *teoría* pasa a ser una posibilidad muy real y, en muchos casos, la teoría de la conspiración está tan abrumadoramente plagada de pruebas que las posibilidades de obtener el premio gordo son casi absolutas.

Los césares mueren, los presidentes son asesinados y las guerras nacen de conspiraciones. No tienen más que leer los libros de historia de manera correcta para comprender que, en realidad, es la conspiración la que ha forjado el destino del ser humano en este minúsculo planeta. Así que, aquellos que nos llaman «conspiracionistas» quizá deberían llamarnos «historiadores».

La llamada «versión oficial»

Existe una expresión casi sagrada denominada «versión oficial de los hechos». Una autoridad dependiente de una organización pública o privada es la encargada de ofrecer o «facilitar» una historia de los acontecimientos. Esa versión es más realista cuanto más importante sea la organización que expone dicha versión. Pongamos un ejemplo: no es lo mismo que la Academia Rusa de Ciencias afirme que el petróleo no proviene de restos fósiles (contrariamente a lo que siempre hemos pensado) o que los representantes del Massachusetts Institute of Technology (MIT) afirmen que es de origen fósil. En Occidente siempre va a tener más verosimilitud esta última versión.

La versión oficial, recogida en los libros de ciencias, reúne las conclusiones finales efectuadas por científicos financiados por el magnate David Rockefeller, quien en 1892 introdujo en la comunidad científica internacional la teoría sobre el origen fósil del petróleo.

Ante la peculiaridad y disparidad de ambas versiones, debemos preguntarnos por qué quieren convencernos con tanto ahínco de que el petróleo es un subproducto resultante de la putrefacción fósil de vegetales y animales. La respuesta es sencilla: el objetivo es crear la sensación de escasez en la mente de los compradores para poder justificar los precios desorbitados que sufrimos los consumidores.

Todos y cada uno de los libros de ciencias que estudian nuestros hijos en sus años académicos enseñan que el petróleo es un derivado fósil, y han forjado en sus mentes una versión oficial con la que han vivido varias generaciones, incluida la nuestra. Nadie se plantea otra posibilidad más que la de que el petróleo es de origen fósil y se acaba. Recordemos que la escasez de oferta, unida a una fuerte demanda, proporciona beneficios incalculables, como lo fueron los obtenidos por la Standard Oil de Rockefeller a principios del siglo XX gracias a esta teoría. Nadie se molestó en estudiar los serios trabajos de Nikolai Kudryavtsev, científico de la extinta Unión Soviética, quien afirmaba con pruebas que el petróleo era de origen mineral. Solo químicos rusos como Marcellin Berthelot y Dimitri Mendeleiev confirmaron tal posibilidad.

La «versión oficial» se difunde a través de nuestros periódicos, anega los libros de texto y, ya sea por televisión o por radio, bombardea nuestro entendimiento de forma constante y machacona. Nadamos en un mar de mentiras, y de la misma forma que el pez no percibe el agua en la que se mueve, nosotros tampoco percibimos la mentira.

Pero la «versión oficial» no es nueva. Copérnico, Galileo, Giordano Bruno, Miguel Servet, etc., fueron mentes que trataron de romper el sistema rígido de pensamiento de su tiempo. Giulio

Cesare Vanini, quien afirmaba que el hombre descendía del mono, fue quemado vivo por la Inquisición en 1619, y Pietro d'Abano murió en prisión en 1316 por aplicar prácticas médicas hoy comunes. No olvidemos a García de Orta, que también murió en la hoguera en 1568 no solo por intentar revolucionar la medicina realizando las primeras necropsias, sino por ser judío. La lista de todos aquellos que lucharon contra las asentadas e inamovibles versiones oficiales es tan larga que necesitaríamos un volumen enciclopédico para poder tratarlos debidamente a todos y cada uno de ellos.

Al igual que se afirma en uno de los documentos más sabios que se conservan, *El Kybalión* de Hermes Trimegisto, puedo asegurar que, como fue antes, es ahora; y las mismas fuerzas que quemaron, encarcelaron y torturaron a aquellos audaces defensores de la «conspiración» siguen operando hoy en día. Han cambiado sus caras, pero sus intereses y las instituciones que los auspician siguen siendo los mismos.

No pienses, solo sobrevive

Las personas que realmente dominan el planeta tienen acceso a esa parte de la información que a usted le han omitido, ofuscado o adulterado. Ellos acceden al conocimiento y a la sabiduría que a usted le han censurado y, de ese modo, perpetúan su poder. Cambian únicamente sus nombres y, al tener vínculos de sangre, se suceden unos a otros eternamente gracias a nuestra ignorancia.

Si esta información es difícil de asimilar, le sugiero un pequeño análisis. Observe su vida. Se levanta por la mañana y, cuando se acuesta por la noche, se da cuenta de que simplemente ha repetido un día más. Un día igual al anterior. Usted está dentro de un círculo que transcurre siempre entre su trabajo, sus desplazamientos, horarios de comidas, deudas y problemas que son sospechosamente idénticos a los de su vecino. Observe a sus amigos y verá que nadie es ajeno a esta dinámica. Hacen exactamente lo mismo que usted.

Paradójicamente, a quienes no trabajan por cualquier circunstancia y que, por lo tanto, están excluidos del sistema les gustaría ser como usted, vivir como usted. Mientras tanto, cuando observa su rostro en el espejo, el tiempo avanza y se da cuenta de que se le escapa entre los dedos, que todos aquellos sueños y anhelos que concibió cuando era joven nunca pudo realizarlos porque siempre estuvo demasiado ocupado para llevarlos a cabo. La realidad es que usted vive en este mundo única y exclusivamente para ser productivo. Trabajamos para alguien, un dueño final que desconocemos. Alguien que ha creado este mundo de supervivencia solo con la idea de que usted lo «alimente». Un mundo limitante en el que el «ruido» de fondo le desorienta, impidiéndole ver las cosas importantes y esenciales, escondidas dentro de un mar de banalidades.

Resulta curioso observar cómo desde nuestra infancia nos repiten constantemente: «No puedes hacer eso». Nos han impuesto reglas morales y doctrinas religiosas que controlan nuestra mente y nuestro espíritu para evitar que usted descubra su potencial mágico. Le pondré un ejemplo que resulta esclarecedor: en mayo de 2014 saltó a los medios de comunicación una noticia, que pasó desapercibida —como ocurre con cualquier tipo de información que al sistema no le interesa que usted conozca—, en la que se afirmaba que a nuestros niños, a partir de los once años, se les enseñaría en las escuelas la llamada «filosofía empresarial» y «el espíritu emprendedor», como si la espiritualidad humana pasase por la competitividad de mercado y la filosofía tuviese cabida dentro del entorno empresarial. Me pregunto qué opinaría Sócrates de esta filosofía o qué diría Buda sobre esta supuesta espiritualidad.

Ya desde nuestra infancia nos introducen en una carrera de fondo, programándonos con una dañina frase: «El más fuerte sobrevive». En cambio, si eres sensible, no estarás capacitado para desenvolverte en este mundo tan competitivo porque no estás provisto de ese «espíritu» empresarial. Incluso tienen previsto enseñar a nuestros hijos modelos contables para «favorecer» esa «filosofía de empresa», de tal manera que la entidad del dinero se transformará desde ese momento en su principal meta[4]. Como vemos, están dinamitando la esencia infantil que ha de descubrir este maravilloso mundo en su aspecto más natural. Cada ley que promueven y cada norma que reforman van encaminadas a recortar sus libertades, ampliar sus obligaciones y dificultar el acceso a la riqueza y abundancia que deberían tener.

Haciendo gala nuevamente de la frase de Jordan Maxwell, «nada es lo que parece ser», quizá las instituciones educativas no estén solo para educar. Todo parece formar parte de una gran confabulación genialmente orquestada para que nosotros seamos siervos de unos invisibles amos.

Evidentemente, la medicina tampoco es lo que parece. La ancestral medicina natural basada en el empleo de plantas medicinales como tratamiento para curar enfermedades ha sido cercenada en pro de la química farmacéutica. A modo de botón de muestra, diré que en España, solo en 2004, se prohibieron 190 plantas[5], de las cuales 100 eran utilizadas por sus propiedades medicinales desde tiempos ancestrales. Como usted puede apreciar, legislan en favor de las grandes corporaciones farmacéuticas, que no persiguen precisamente su salud y bienestar, sino sus intereses financieros. Por poner un ejemplo, en Estados Unidos, solo una de esas grandes corporaciones financió la campaña electoral de Barack Obama con 80 millones de dólares. Evidentemente, el candidato opositor también recibió la misma cantidad, de tal manera se garantizaban apostar por el ganador, que con toda seguridad vigilaría bien de cerca los intereses de sus benefactores. Y es que cuando la salud es un negocio, cabría hacerse esta pregunta: ¿qué es más rentable para

4. «La escuela pública impartirá Educación financiera a los niños desde los 11 años», *La Marea*, 8 de mayo de 2014.

5. Ministerio de Sanidad y Consumo. Orden SCO/190/2004, de 28 de enero, por la que se establece la lista de plantas cuya venta al público queda prohibida o restringida por razón de su toxicidad (www.boe.es).

algunas corporaciones: mantener al enfermo vivo y medicado o sanarlo por completo? Desde luego, el sistema ha sabido atar las manos a los médicos, que prescriben tratamientos «estándar» afines a los intereses de esas poderosas corporaciones farmacéuticas. Al médico que decide transgredir la medicina oficial le es retirada su licencia médica, tal como le ocurrió a la doctora Ghislaine Lanctôt[6], quien, después de ejercer la medicina durante 27 años, se vio apartada de la profesión por afirmar en su libro *La Mafia Médica* que las farmacéuticas apuestan por el mantenimiento de las enfermedades en vez de por la curación definitiva, algo que, evidentemente, destruiría su propio negocio. Al parecer, la valiente Ghislaine Lanctôt indicaba que el problema era especialmente doloroso en los casos de pacientes que utilizaban fármacos psiquiátricos, pues los propios medicamentos inducían a los enfermos a mantener su constante administración y por ende, perpetuar el negocio. Los «clientes» que necesitan fármacos psiquiátricos son muchos en el mundo. Solo en España, según el llamado *Libro blanco de la depresión*[7], editado por el Ministerio de Sanidad y Consumo en 2006, habría seis millones de personas con enfermedades depresivas. Teniendo en cuenta que durante el año 2006 en España había 40,51 millones de habitantes, según el INE[8], vemos que el 14,4 % de la población está deprimida y, por tanto, es susceptible de consumir antidepresivos. Con estos datos, nos hacemos idea del monumental negocio que supone nuestra salud mental. Si usted vive en otro país, le aseguro que las cifras son similares o incluso podrían ser peores.

Parafraseando a los viejos dibujos de *Súper Ratón:* «¡No se vayan todavía, aún hay más!». Y mucho más si consideramos que la

6. Le recomiendo el siguiente vídeo: EmpoweredByKnowledge, «Confesiones de una Representante de la Industria Farmacéutica», 31 de octubre de 2010, https://www.youtube.com/watch?v=wIWuEAFlg1Y.

7. Guía de Buena Práctica Clínica en Depresión y Ansiedad de la OMC (Organización Médica Colegial), Ministerio de Sanidad y Consumo, 2006.

8. Avance del Padrón Municipal al 1 de enero de 2006. Datos provisionales del INE (Instituto Nacional de Estadística).

ambición y el crecimiento de esta industria están presionando directa o indirectamente para que se consideren como enfermedades mentales patologías que antes no existían. Por ejemplo, la aparición de Internet y los teléfonos móviles ha generado nuevos clientes con nuevas enfermedades tales como la nomofobia (miedo irracional a salir de casa sin el teléfono móvil), el cibermareo (posibilidad de sufrir mareos o desorientación tras interactuar con algún entorno digital), la depresión de Facebook (personas en riesgo de aislamiento social con una baja autoestima que, al pasar demasiado tiempo en la red social, sufren un comportamiento depresivo), la cibercondria (síndrome de buscar compulsivamente los síntomas padecidos en un buscador de Internet) o el llamado «efecto Google», tendencia a olvidar la información debido a que Internet estaría actuando como una memoria externa que nos hace retener cada vez menos información, según el doctor Larry Rosen, quien lo describe claramente en su libro *iDisorder*[9].

Algo que nos demuestra claramente que «salud» es sinónimo de «negocio» saltó a la luz recientemente cuando Cuba anunció en 2014 su segunda vacuna contra el cáncer de pulmón. ¡Prácticamente ningún medio de comunicación importante se hizo eco! Estamos seguros de que, si el descubrimiento hubiese venido de algún importante grupo farmacéutico, la noticia sería portada nacional.

Está claro que, detrás de la percepción del funcionamiento de cada institución, siempre existe «algo» que se nos omite; algo que, como si fuésemos niños, no nos cuentan porque el mero hecho de saberlo implicaría que colocaríamos un «cortafuegos» en nuestra mente que inhibiría el poder ser engañados nuevamente. La falsa percepción de la realidad se implanta en nuestra mente como los cimientos de una casa, algo que no podemos destruir, a no ser que destruyamos previamente la casa.

---

9. Larry D. Rosen, *iDisorder: Understanding our Obsession with Technology and Overcoming its Hold on Us* (Nueva York: St. Martin's Griffin, 2013).

CAPÍTULO 2

LA FALSA PERCEPCIÓN DE LA REALIDAD

Las puertas que tenemos a este mundo son nuestros sentidos. Con ellos percibimos lo que nosotros llamamos «la realidad», pero lo cierto es que son tan limitados que nuestra vista, por ejemplo, solo captura el 0,17 % del espectro de frecuencias. Existe un ingente universo de datos que escapan a nuestra visión. El camarón mantis, al poseer un singular órgano visual, percibe más información de colores y tiene mejor capacidad óptica que el ser humano, ya que puede mover independientemente cada uno de sus ojos y captar una gama del espectro muy alta, desde el infrarrojo hasta el ultravioleta.

Entonces..., ¿podemos afirmar que un camarón percibe la realidad mejor que un ser humano? En cierta manera, así es, pero hemos de tener en cuenta que los sentidos son solo receptores de datos y que lo importante es el «laboratorio» donde se procesan y analizan dichos datos. Hablamos de la mente humana. La batalla por su control se ha librado desde los más remotos tiempos. Es sabido que el arma más poderosa no la tiene el país que dispone de más megatones en sus silos, sino aquel que tiene el control sobre la mente de sus ciudadanos.

Si esto no fuera así, ¿cómo podría entenderse el poder de líderes como Hitler, Napoleón, Asurbanipal, Darío el Grande o Stalin, que arrastraron a sus pueblos, igual que el Amazonas arrastra sus aguas hasta el mar, llevándolos al más absoluto de los desastres? La respuesta es más sencilla de lo que usted cree, pero al mismo tiempo más compleja de lo que parece: modificando su percepción de la realidad.

Hace tiempo, efectué unas curiosas investigaciones sobre dos elementos químicos y sus devastadores efectos sobre el cerebro humano: el flúor y el litio. El flúor ha sido considerado por ciertos sectores médicos, absolutamente críticos con el sistema sanitario mundial, como una violación de la ética médica, así como de los derechos humanos. En 1999[10], este elemento químico comienza a añadirse en ciertos alimentos y bebidas. Por ejemplo, añadir flúor al agua es una práctica habitual en las potabilizadoras de agua de los Estados Unidos. Desgraciadamente, en España, algunas comunidades autónomas también lo están haciendo; concretamente, en Euskadi esa práctica no solo se realiza, sino que va en aumento[11]. Ustedes se estarán preguntando por qué no podemos ingerir aditivos con flúor; la respuesta es simple: el flúor destruye la parte de nuestro cerebro que la ciencia ha identificado como «la zona donde se aloja la capacidad de resistencia a la dominación». Por esta razón, el bioquímico norteamericano Dean Burk llegó a decir que el uso del flúor como aditivo es una forma de genocidio de masas. Asimismo, el premio nobel de Medicina Arvid Carson se opuso tan duramente a la fluoración que logró que el Parlamento sueco modificase la ley para impedir dichas prácticas.

El químico Charles Perkins, en su libro *The Truth about Water Fluoridation,* afirmó que en la Alemania nazi desarrollaron un plan

10. D. W. Cross y R. J. Carton, «Fluoridation: a violation of medical ethics and human rights», *Int J Occup Environ Health*, volumen 9, número 1 (enero-marzo 2003), 24-29.

11. Según el Informe anual del desarrollo del Decreto 118/90, sobre asistencia dental a la población infantil de la C.A.P.V. del Gobierno Vasco, https://www.osakidetza.euskadi.eus/contenidos/informacion/osk_publicaciones/es_publi/adjuntos/memorias/PADI_2013.pdf, https://www.euskadi.net/cgi-bin_k54/ver_c?CMD=VERDOC&BASE=B03A&DOCN=000029559&CONF=/config/k54/bopv_c.cnf.

de fluoración del agua en las potabilizadoras que fue aprobado por el Estado Mayor alemán para conseguir un mejor control sobre las masas en determinadas zonas, donde la resistencia política al nazismo era importante. El ejemplo fue también adoptado en la Unión Soviética y en el Reino Unido.

Las dosis infinitesimales de flúor administradas a la población en el agua de consumo de forma prolongada reducen en el individuo su «resistencia a la dominación», de ahí que una de las primeras medidas que tomó Alemania tras ocupar Polonia fue la fluoración de los depósitos de agua.

Paradójicamente, y frente a lo que nos cuentan sobre la salud dental y el flúor, un exceso de este destruye la porosidad de nuestros dientes, amarilleándolos y debilitando el esmalte, según reflejó el doctor y químico E. H. Bronner, sobrino de Albert Einstein, en una carta publicada en *The Catholic Mirror* de Springfield, Estados Unidos.

Pero lo más preocupante es la gran dificultad que el cuerpo tiene para expulsar el flúor de su sistema, algo que ocurre también con ciertos metales pesados tales como el plomo y el mercurio, que se van acumulando en nuestro organismo y, al ser muy tóxicos, causan un daño prácticamente irreversible. Curiosamente, la mayoría de los llamados «antidepresivos» tienen como principio activo un derivado del flúor denominado «fluoxetina», que contiene ácido maleico fluvoxamina, compuesto en parte por un fluoruro. Como vemos, la medicina psiquiátrica ha sabido sacar partido de los estudios que el equipo alemán de la desaparecida IG Farben (industria química alemana) realizó en 1930, bajo el auspicio de Hitler.

Stanley Kubrick, visionario cineasta, hace referencia explícita a la fluoración del agua potable en su película *Dr. Strangelove, or How I Learned to Stop Worrying and Love the Bomb* (titulada en español *¿Teléfono rojo? Volamos hacia Moscú*), en la escena en la que el general (interpretado por Sterling Hayden) le habla a su ayudante Mandrake (Peter Sellers) del plan global de fluoración de los comunistas: «¿Se da cuenta de que además de fluorar el agua se están haciendo estudios para fluorar la sal, la harina, los zumos de fruta, la sopa, el azúcar, la leche, los helados...? ¡Los helados, Mandrake, los helados de los niños!». Kubrick acertó de lleno en esta película de 1964, rodada hace más de 50 años. Personalmente, he tenido la oportunidad de ver cómo la sal se ha comercializado con flúor e, incluso, cómo una conocida marca apostó por leche fluorada, que afortunadamente mantuvo en el mercado poco tiempo, alegando su especial eficiencia contra la caries infantil.

Otros elementos, como el litio, actúan de manera similar al flúor, modificando nuestro comportamiento y haciéndonos más vulnerables a la dominación.

El actual sistema de poder tiene como objetivo su mente. Un concepto define perfectamente lo que su mente debe pensar, lo que su espíritu debe sentir y su cuerpo por extensión tiene que ejecutar: es el llamado «pensamiento único». ¿Qué es el pensamiento único? Una serie de reglas impuestas por grandes corporaciones internacionales que son adoptadas mediáticamente como «reglas morales inmutables» o axiomas que, debido a su constante repetición en los medios de comunicación, consiguen dirigir o «convertir» las ideas de los sujetos en favor de intereses desconocidos. Esa conversión es un mero eufemismo del llamado «lavado de cerebro», por el cual el sujeto doblega su voluntad con el denominado «autoconvencimiento».

Con un ejemplo práctico, usted lo entenderá perfectamente. Estoy seguro de que ha entablado en mil ocasiones acalorados debates con otra persona sobre política, fútbol, religión, coches, etc., y se habrá dado cuenta de que en esas discusiones, por mucho que usted se esfuerce, nunca consigue convencer a la parte contraria, del mismo modo que tampoco consiguen convencerle a usted, que sigue manteniéndose firme en sus tesis. En resumidas cuentas, convencer a alguien en una discusión es prácticamente imposible, a no ser que se juegue con el chantaje, ya que aquello contra lo que te resistes persiste.

La única forma de convencer a alguien es mediante el «autoconvencimiento». Una persona, rodeada del clima apropiado, se acabará convenciendo a sí misma. Ese clima apropiado es, sencillamente, el entorno mediático. Si usted enciende el televisor, lee un periódico o escucha la radio, verá que todos los medios dicen exactamente lo mismo, aunque con matices, para hacerle creer que hay diversidad de opinión. Si sale a la calle, se encuentra con un amigo y charlan sobre una noticia de actualidad, observará que también él tiene el mismo punto de vista que la tendencia dominante. Esto ocurre incluso en el seno de organizaciones vecinales, en el ámbito familiar... ¡Todos coinciden en su punto de vista! Se ha realizado un lavado de cerebro al que el sujeto, inconsciente, termina por doblegarse. Existen curiosos estudios sobre cómo la población es sometida en un 85 % a las ideas difundidas por los medios de comunicación, siendo solo un 15 % los ciudadanos que mostraron una resistencia a la llamada «conversión» o «lavado de cerebro».

La tesis y la antítesis

Hemos hablado del clima mediático y del pensamiento único, y seguro que usted estará pensando: «No, yo puedo elegir». Pero yo le hago una pregunta... ¿Puede usted realmente elegir? ¿Puede elegir el partido político que nos representa? ¿El equipo de fútbol que más le gusta? ¿Puede realmente elegir, decir sí o no a muchas cosas? Lo cierto es que esa capacidad de elección también está controlada. El sistema crea la *tesis* y la *antítesis,* una especie de visión en blanco y negro del mundo, en la cual usted elige un producto prefabricado bajo el auspicio de invisibles intereses.

Ya en el siglo XVIII, el filósofo alemán Hegel mencionaba este sistema como paradigma de control, idea que anteriormente había sugerido su colega contemporáneo y compatriota Johann Gottlieb Fichte, cuando definía las relaciones individuales y el mundo que los rodeaba. ¿Qué trataron de decir ambos filósofos? Sencillamente, que ciertos poderes creaban dos ideas, aparentemente opuestas, para que el individuo respondiese de manera planificada.

El esquema sería el siguiente:

TESIS + ANTÍTESIS = SÍNTESIS

Siendo la *síntesis* el objetivo buscado por esos poderes que usted no percibe, pero que le controlan. Es una forma de apostar por el caballo ganador. Por ejemplo, la apuesta que hicieron algunos grupos económicos suizos por las potencias del eje y las potencias aliadas en la Segunda Guerra Mundial fue un modo de garantizar tanto la victoria como la perdurabilidad de sus intereses. O poniendo un ejemplo más cercano, cuando en 2010 saltó la noticia de que la familia Rockefeller, propietaria de las principales empresas petrolíferas del mundo, estaba financiando a través de su fundación[12] a Greenpeace, la organización ecologista más poderosa del planeta[13].

Resumiendo, esta capacidad de elección responde a intereses ajenos. Usted puede elegir entre ser conservador o progresista, pero nada más. Sacan de la ecuación otras posibles alternativas a la llamada «democracia», modelo político que el propio Platón definía, por boca de Sócrates, en su libro *La República* de la siguiente manera: «¿Y acaso no nacen de un mismo modo la democracia de la oligarquía y la tiranía de la democracia?». Así pues, los griegos, siendo los inventores de la democracia, ya vieron que tenía una acusada tendencia a convertirse en despótica. Valore usted que, si esto se dijo hace casi 2400 años, algo habrían descubierto los filósofos clásicos para que

---

12. Vivian Krause, «The Rockefeller Brothers Campaign Against Canadian Energy: WWF, Pembina, Greenpeace, Etc.», *Rethink Campaigns*, 10 de mayo de 2012, http://fairquestions.typepad.com/rethink_campaigns/2012/05/rockefeller-tar-sands-campaign.html.

13. Artículo del Financial Post: Vivian Krause, «U.S. foundations against the oil sands», *Financial Post*, 14 de octubre de 2010, http://business.financialpost.com/2010/10/14/u-s-foundations-against-the-oil-sands/.

su máxima cabeza afirmara rotundamente que la democracia era un sucedáneo encubierto de la oligarquía tiránica.

La ciencia al servicio del control mental

Todo en el universo es energía. La materia es solo una forma densa de energía que vibra a una frecuencia concreta. La idea que reza sobre la conversión de la materia en energía y la energía en materia es solamente un cambio de frecuencia de una misma cosa a otra. La ciencia siempre se ha esforzado en descubrir la frecuencia a la que vibran nuestros cerebros, intentando modificarla, adaptarla, suprimirla en pro de terapias o soluciones e, incluso, armas de guerra.

Recuerdo haber investigado una serie de misteriosas patentes con las que distintos artefactos generadores de frecuencias electromagnéticas, acústicas o lumínicas eran capaces, entre otros «milagros», de modificar y controlar nuestros cerebros. Les pondré unos ejemplos de estos intentos con su correspondiente número de patente norteamericana:

- 3951134: Aparato destinado a modificar a distancia las ondas cerebrales. (Un auténtico mando a distancia humano.)
- 4858612: Aparato para que los mamíferos escuchen voces dentro del cerebro por medio de microondas. (Telepatía sintética.)
- 5507291: Aparato capaz de determinar remotamente el estado emocional de una persona. (Escáner remoto de biometría humana.)
- 4048986: Aparato capaz de identificar remotamente a una persona por medio de ondas polarizadas. (La panacea de la llamada «biometría» o «sistema de identificación a distancia».)
- 5458142: Dispositivo que supervisa el campo magnético que emana de un organismo. (¿Acaso este aparato puede medir nuestra aura?)
- 3980076: Método para medir externamente los cambios magnéticos en el cuerpo humano y los cambios emocionales. (¿Pueden medir a distancia nuestro estado emocional?)

- 3837331: Sistema y método para controlar el sistema nervioso de un organismo. (¿Son capaces de modificar nuestro aparato motor o nuestros actos reflejos?)
- 5213562: Método para inducir estados de conciencia físicos y emocionales influyendo en la actividad cerebral. (¿Pueden acaso llevarnos a la depresión, la ansiedad o el éxtasis con este dispositivo?)
- 4834701: Aparato para provocar la reducción de ondas electromagnéticas y la frecuencia del cerebro. (Una máquina capaz de inducirnos al llamado «estado alfa, theta o delta», donde somos más receptivos a «sugerencias» externas.)
- 4883067: Método para transmitir en la música mensajes subliminales capaces de inducir estados psicológicos y fisiológicos concretos. (Un método para incorporar en la música un inductor que nos genere dolor físico, placer, nerviosismo, felicidad o cualquier otra sensación... Toda una piedra filosofal para las compañías discográficas.)
- 4202323: Activador de fármacos por medio de radiaciones[14]. (¿Un método por el cual, con un control remoto, pueden activar ciertas sustancias en nuestro cuerpo?)

Este estudio lo puse a disposición del público en noviembre de 2006, pero la cantidad de patentes destinadas a controlar y modificar nuestra mente, nuestras sensaciones y nuestros cuerpos ha crecido de manera sorprendente desde entonces. Ahora son capaces de, literalmente, leer nuestros pensamientos y transcribirlos a un procesador de texto e, incluso, de visualizar nuestras ideas en un monitor. ¿Suena fantástico? Pues es cierto.

¿Sigue pensando que usted tiene alguna capacidad de elección? Si los amos del mundo (Rex Mundi), de los que hablaremos más adelante, han puesto sus ojos en usted o en un grupo al que pertenece, puede olvidarse de su libre elección. Y créame, no es necesario que

14. Esta curiosa patente puede consultarse en http://www.google.com/patents/US4202323.

esos oscuros poderes le vean como una amenaza, sencillamente, usted será dirigido del mismo modo que se dirige la hiedra para tapar una fea fachada. Y es que el libre albedrío es solo cierto en función de su irreal percepción. ¿Se ha fijado usted en la cantidad de cosas que hace al día y que no desea hacer realmente? Estoy seguro de que usted no desearía madrugar por la mañana, desplazarse a su trabajo y dedicar ocho horas, como poco, de su día a una labor más o menos ingrata. Estoy convencido de que no desearía tener que comer rápido, pagar sus numerosas deudas o créditos, cortar el césped de su casa o planchar las camisas. Constantemente usted hace cosas que van contra su libre albedrío.

Hace 100 mil años, aproximadamente, el hombre dedicaba, a lo sumo, tres o cuatro horas al día a hacer cosas que no quería hacer. Hoy vivimos constantemente fuera del libre albedrío y somos esclavos de Maya, pero como ya advertí al lector, le explicaremos más adelante cómo vencer y prosperar en Maya.

En el hinduismo, Maya es la ilusión, una imagen ilusoria o irreal. Más concretamente, en el hinduismo se suele considerar que la realidad de todo el universo, así como sus fenómenos, se muestran como existentes, pero en realidad se trata de ilusiones; es decir, aquello que percibimos es un mero espejismo. La ancestral y politeísta religión hindú habla de Maya, pero define perfectamente la realidad que no percibimos bajo el término de «Brahman» o auténtica realidad. Curiosamente, Brahman es la divinidad absoluta del hinduismo.

Uno de los grandes avatares espirituales, Buda, nació, según la tradición, del vientre de una mujer llamada Maya, nombre que sospechosamente nos recuerda fonéticamente al de la madre de otro gran avatar, Jesús de Nazaret, a su vez nacido del vientre de una mujer llamada María. Como si el sonido de dicha palabra tuviese un origen místico, la entidad que retenía a Buda, impidiendo su acceso a la iluminación, se llamaba Mara, una diosa que creaba ilusiones en la mente de los seres humanos.

¿Casualidad? Maya, María, Mara... Sinceramente, pensar que es casual es un tanto infantil. El director de cine George Lucas conocía muy bien el hinduismo, y en su saga *Star Wars* (*La Guerra de las Galaxias*) no es casual que la madre de Luke Skywalker se llame Mara Jade Skywalker, mujer que se quedó embarazada sin acto carnal, siendo su hijo «el Elegido», según afirmaba el consejo Jedi.

Evidentemente, la Biblia también hace una curiosa mención a este «reino irreal» cuando en Juan 18:36 Jesús dice: «Mi reino no es de este mundo...». Si yo le asegurara a usted que, cuando conduce un coche, lo que realmente ocurre es que solo cree que conduce un coche, mi propia afirmación será falsa al nacer en una irrealidad. El zen conoce bien esta Maya cuando se plantea esta gran cuestión: «¿Existe la flor cuando dejas de mirarla?». La irresoluble respuesta es incluso desconocida para la más avanzada física de partículas.

El físico austríaco Erwin Schrödinger propone un experimento por el cual, si usted coloca un gato dentro de una caja cerrada, en la que ha incorporado un dispositivo venenoso que puede ser activado accidentalmente, jamás sabremos si el gato está vivo o muerto si no miramos en el interior de dicha caja. La observación del fenómeno puede modificar su resultado, algo conocido como la «dualidad onda-partícula», según la cual un experimento varía su resultado dependiendo de su observación.

Entonces, la gran pregunta sería si podemos crear realidades dentro de esa Maya. La respuesta es sí. Lamentablemente, también podemos ser inducidos externamente a que otros nos obliguen a fabricar esas realidades en beneficio de sus intereses sin que seamos conscientes de ello. Es más que curioso que el hecho de observar o enfocar nuestra atención en algo produzca una especie de control o modificación sobre esa Maya, más popularmente conocida como Matrix, debido a la popularidad de la película del mismo nombre. Son múltiples los casos conocidos desde la antigüedad que parecen demostrar que la observación permite coger el cetro del poder sobre los cinco elementos y alcanzar la iluminación, un peculiar estado que nos traslada al reino de Brahman o auténtica realidad.

El budismo conocía bien este fenómeno de la observación y del enfoque de atención desde la más remota antigüedad, como puede verse en sus textos:

- «La atención es el camino hacia la inmortalidad; la inatención es el sendero hacia la muerte. Los que están atentos no mueren; los inatentos son como si ya hubieran muerto»[15].
- «Atento entre los inatentos, plenamente despierto entre los dormidos, el sabio avanza como un corcel de carreras y se adelanta sobre un jamelgo decrépito»[16].

Pero no solo el budismo conocía este secreto. La religión cristiana tiene múltiples ejemplos de trascendencia o iluminación producida por estados contemplativos. Uno de los ejemplos más evidentes lo encontré en el monasterio de Armenteira, situado en Meis, provincia de Pontevedra. Al parecer, su fundador fue un misterioso monje llamado Ero.

Cuenta la leyenda que en el siglo XII el monje Ero tenía por costumbre salir a cuidar una cercana huerta. En las proximidades había una fuente de aguas frescas y claras que producían un agradable murmullo. Un buen día, mientras Ero estaba sentado junto a esta bella fuente, bajo un frondoso árbol, quedó impregnado de la belleza del entorno, cayendo en un estado contemplativo donde deseó alcanzar el paraíso. En tan exaltado momento, Ero pudo escuchar un pajarillo y quedó prendado de su belleza y musicalidad hasta que perdió la noción del tiempo. Y así transcurrieron 300 años que nuestro protagonista percibió como un momento. Ero se levantó

15. «La atención», *Dhammapada*, libro atribuido a Buda, escrito hace 2500 años, capítulo 2.
16. Ibídem.

y se dirigió a su monasterio. Cuando alcanzó la entrada, descubrió que, en su lugar, había un gran pórtico. «¡Que la santa madre me asista! ¡Este no es mi monasterio!», dijo el abad. Al llamar a la puerta, los monjes, sorprendidos, vieron a Ero y le pidieron que se identificara, pues no lo reconocieron. Ero explicó lo sucedido y los monjes quedaron tan impresionados que exclamaron con asombro:

¡Nunca tan gran maravilla
como Deus por este fez
polo rogo de sa madre
Virgen santa de gran prez!

Esta vieja leyenda se recoge en las *Cantigas de Santa María* de Alfonso X el Sabio, para gloria de los siglos venideros, proponiéndonos importantes paralelismos con la llamada iluminación de Buda, quien también trascendió la Matrix o Maya mientras meditaba en el interior de un árbol hueco. Algo semejante les sucedió a Mahoma y a Jesucristo, según nos narran el Corán y la Biblia, respectivamente, cuando se retiraron a meditar por largo tiempo a una montaña en la que les fue revelada su misión.

Son muchas las experiencias que podríamos citar sobre la contemplación o atención de los llamados «estados místicos» como, por ejemplo, las que Santa Teresa de Jesús o San Juan de la Cruz recogen en sus obras; sin olvidar a Fray Martín de Porres, quien consiguió alcanzar el don de la ubicuidad por estar en dos lugares a la vez mientras meditaba. Asimismo, el escritor canadiense contemporáneo Eckhart Tolle también descubrió accidentalmente esa «brecha» de la Matrix mientras estaba sentado en el banco de un parque, donde comenzó a sentir la brisa, el sonido del agua, la gente pasar, la luz... En ese instante, se dejó «fluir» y alcanzó ese estado místico tan peculiar. Tolle afirma que nos mantienen en un estado de «alerta constante», que el ser humano vive expectante, siempre fuera del momento presente, del «ahora», como él lo denomina, y que con ello capturan nuestra consciencia dentro de la Matrix. Pero si nos centramos en el ahora y vaciamos nuestra mente de pasado y de futuro, accedemos a esa brecha y alcanzamos la iluminación, un estado elevado de conciencia en el que todo es más intenso y adquiere sentido.

Si nos fijamos atentamente, veremos que nuestra mente está siempre en movimiento, siempre viajando, es errática. Pensamos en las esperanzas y los compromisos futuros o en los acontecimientos pasados y los problemas que debemos resolver con urgencia; siempre e indefectiblemente estamos expectantes y situados en un momento indeterminado fuera del ahora, fuera del presente.

Alguien inventó el reloj y lo colocó en nuestra muñeca como quien coloca un grillete a un esclavo. Así consiguió que nuestra vida estuviese siempre bajo presión. Nos marcó unos plazos, horarios o tempos para cada acto, una carrera hacia el futuro que nunca alcanzamos, del mismo modo que el burro jamás alcanza la zanahoria que cuelga del palo que alguien coloca delante de él. Evidentemente, cosas tales como el dinero o los teléfonos móviles se crearon para sumirnos más profundamente en la esclavitud de este mundo irreal. Se da la circunstancia de que el grillete con cadenas y bola de hierro que se les ponía en el tobillo a los esclavos y los presos durante el siglo XIX para evitar su huida se llamaba coloquialmente *blackberry*.

Otra importante causa que nos mantiene fuera del ahora es el dinero. Me gustaría que usted tuviese una perspectiva histórica correcta de qué es el dinero y de dónde proviene.

La primera economía con patrón de cambio basado en metales preciosos fue la sumeria. Hace 4500 años aparece la entidad del dinero, sin ser todavía el papel o la moneda que todos conocemos hoy. Lo que realmente muy pocos saben es que los primeros banqueros fueron los sacerdotes sumerios y que el concepto del dinero fue creado por sus antiguos dioses. Esto aparece reflejado en los distintos códices o leyes como el que Shamash, dios solar legislador de Babilonia, entregó al rey Hammurabi. Se trata del primer decálogo de leyes en el que se imponían penas pecuniarias a ciertos delitos, y se conserva en el museo del Louvre en París. Curiosamente, ese código fue grabado en piedra... ¿No le recuerda las famosas Tablas de la Ley hebreas, también grabadas en piedra y entregadas por Yahvé a Moisés?

Como podemos ver, el dinero siempre ha estado muy cerca de los dioses, como si estos hubiesen decidido crear una entidad que corrompa al hombre con el fin de ejercer un mejor control sobre él. El dinero siempre ha estado muy cerca de los templos; san Juan lo plasma perfectamente en este relato recogido en su evangelio:

> Se acercaba la Pascua de los judíos. Jesús subió a Jerusalén y halló en el templo vendedores de bueyes, ovejas y palomas, y cambistas sentados. Hizo un azote de cuerdas, y los echó a todos del Templo con las ovejas y los bueyes, tiró las monedas de los cambistas y volcó las mesas. Y dijo a los vendedores de palomas: «Quitad esto de aquí: no hagáis de la casa de mi Padre un mercado» (San Juan 2,13).

Ni que decir tiene que, a finales del siglo XX, el dinero ha corrido por la casa de Dios corrompiendo nuevamente a sus mejores ovejas. Todos recordamos el escándalo del segundo banco más importante de Italia, el llamado Banco Ambrosiano[17], en el que su presidente, un capo llamado Roberto Calvi y apodado «el banquero de Dios», tuvo importantes vínculos con el Vaticano debido a que el principal accionista del Banco Ambrosiano era, curiosamente, el Banco del Vaticano. En aquel caso el propio Calvi fue asesinado, junto a otros, y salieron a la luz muchos trapos sucios, logias masónicas poderosas que parecían estar moviendo los hilos de todo ese turbio asunto. Entre 700 y 1500 millones de dólares desaparecieron en una operación de evasión de capitales y, evidentemente, en el ojo

---

17. Etiqueta «Banco Ambrosiano» en *El País* (España), http://elpais.com/tag/banco_ambrosiano/a/.

del huracán estaba el Banco del Vaticano, que se dedicaba a desviar grandes cantidades de dinero...

Vemos nuevamente que nada es lo que parece y, desde luego, el dinero es una poderosa forma de control entregada al hombre por esas «entidades» que llamamos «dioses» para controlar su mente y reprimir sus libertades.

Pero si el dinero es un vehículo de control humano, Hollywood es el modelo a seguir. Resulta curioso que la llamada «meca del cine» reciba el nombre de «varita mágica». En inglés, la palabra *holly* significa 'sagrado, mágico' y *wood* significa 'vara'; la batuta que marca nuestra forma de pensar y nos muestra quiénes son los buenos y quiénes son los malos sin dejarnos discernir.

Rememorando a los ancestrales druidas con su varita mágica o al propio Jesús de Nazaret, curiosamente representado en las primeras catacumbas romanas con una varita mágica, Hollywood es el milagro: el lugar donde se forjan los héroes, los villanos, las grandes hazañas. El mundo donde se ensalza el sueño americano, donde el triunfo siempre está del lado de su justicia, sus leyes, su ejército y su policía. Hollywood es un espejo de este mundo construido a base de falsas verdades. Una muestra de esta hipocresía, sobre todo a raíz de los históricos y lamentables incidentes raciales en el sur de Estados Unidos, fue la imposición, por ley, de la presencia de actores afroamericanos y asiáticos en el cine. Entendemos que, sin ese imperativo legal, solo los actores blancos aparecerían en la pantalla. Así pues, la presencia de actores afroamericanos y asiáticos, razas reprimidas y violadas por parte del hombre blanco a base de pólvora y sangre, se tuvo que imponer por ley.

Muchos piensan que el presidente nordista Abraham Lincoln fue el libertador de los esclavos negros del sur, que Lincoln pensaba realmente que todos los hombres son iguales. Lo cierto es que la ley que puso fin a la esclavitud en la, por entonces, dividida América del Norte se hizo única y exclusivamente para dinamitar la floreciente economía del sur en beneficio del norte, eliminando el factor de competencia que suponía el mínimo coste de la mano de obra esclava.

Así pues, es difícil encontrar a los «buenos» en la historia, forjada con estereotipos falsos y axiomas edulcorados con los que llenan los libros de texto, los de historia y los cuentos de hadas; una versión Disney de la realidad que necesitaría una enciclopedia solo para enumerar los intereses ocultos de los nobles vencedores que en las distintas guerras llenaron la historia, más que de verdad, de propaganda interesada.

CAPÍTULO 3

FALSA BANDERA, ¿QUÉ ES ESO?

En el mundo anglosajón se conoce perfectamente el significado de las llamadas «operaciones de falsa bandera» (*false flag operations,* en inglés). Con estos términos se trata de explicar cómo ciertas operaciones encubiertas de carácter militar, político o incluso económico están diseñadas para engañar y confundir a la población. Estas operaciones son llevadas a cabo por los gobiernos de las naciones, centros de inteligencia o grandes corporaciones con el ánimo de que parezcan realizadas por otras entidades o grupos. Con estas acciones se busca manipular la opinión pública, altamente maleable, y dirigirla, orientando y moviendo las cuerdas necesarias para obtener sus intereses.

En realidad, esta estrategia no es nueva. Recuerdo las palabras del general chino Sun Tzu, en el siglo VI a. C., cuando afirmaba en su obra, *El arte de la guerra,* lo siguiente: «Si utilizas al enemigo para derrotar al enemigo, serás poderoso en cualquier lugar adonde vayas». Algo que bien supo utilizar Adolf Hitler para convencer a su pueblo de la obligación de invadir Polonia en 1939 con el llamado «incidente de Gleiwitz». Al general alemán Reinhard Heydrich le fue encomendada una vital operación en la que se pretendía escenificar un ataque polaco a Alemania.

La Segunda Guerra Mundial

La noche del 31 de agosto de 1939 un pequeño grupo de alemanes vestidos con uniformes polacos y dirigidos por el mayor Alfred Naujocks se apoderó de la estación de radio de Gleiwitz, un pueblo por entonces perteneciente a Alemania y actualmente bajo territorio polaco. La operación consistía en simular un ataque del enemigo en territorio alemán. El objetivo era transmitir en el idioma polaco una serie de mensajes radiofónicos con un alto contenido antigermano. Incluso, para dar más realismo a los acontecimientos, asesinaron a una mujer. Este fue el primero de una serie de hostigamientos de falsa bandera con que utilizaron la imagen del enemigo para obtener el beneplácito del pueblo alemán y justificar la posterior invasión de Polonia, acto desencadenante de la Segunda Guerra Mundial.

Como vemos, y recordando las palabras de Maquiavelo en *El príncipe*, el fin justifica los medios y la historia está llena de falsas banderas con las que se pretende justificar acciones de profundo calado para modificar la realidad y favorecer los intereses de unos pocos. Esta táctica es, en resumidas cuentas, una conspiración. Les pondré a continuación más ejemplos.

El incendio de Roma

El cónsul romano e historiador Dion Casio, que fue contemporáneo de Suetonio, historiador y biógrafo romano en tiempos de los emperadores Trajano y Adriano, afirmaba en sus escritos históricos que el gran incendio de Roma, acaecido en el año 64 d. C., fue responsabilidad del propio emperador Nerón. Más de 300 hectáreas fueron devastadas por las llamas, casualmente en el lugar preciso de la ciudad donde Nerón pretendía construir un nuevo palacio, complejo que contaría con una enorme estatua que ensalzara su efigie.

El problema que Nerón tenía con su proyecto era que el Senado había rechazado la idea de construir lo que se llamaría Domus Aurea, un palacio grandioso que ocuparía 50 hectáreas y que estaría provisto de todo tipo de lujos. Al ver truncados sus planes, Nerón orquestó dicha operación de falsa bandera y, después del incendio, ante los rumores de que él era el causante de tan gran tragedia, se encargó de ofrecer pruebas falsas al pueblo y consiguió culpabilizar a los cristianos de dicha atrocidad, y con ello justificar plenamente su proyecto, según reza el legado del historiador romano Tácito.

Recordando al Maine

España tuvo que vivir en sus carnes una operación de falsa bandera a finales del siglo XIX. En esa época, Estados Unidos había puesto en marcha una política expansionista. Otros países europeos ya disponían de importantes colonias, y la creciente industria militar norteamericana puso sus ojos en el Caribe, y más concretamente, en una de sus islas estrella, Cuba.

Por entonces, Cuba era una colonia española, la última que conservaba en América. La pésima política exterior que España había mantenido durante el siglo XVIII favoreció la independencia de todas sus colonias continentales. Reyes pusilánimes, ministros nefastos y gestiones inapropiadas dieron como resultado una galopante crisis durante el reinado de Isabel II, convirtiendo a España en una presa fácil.

El entonces presidente de Estados Unidos, William McKinley, tenía una obsesión que incluso le causaba insomnio. Esa obsesión era la beligerancia de España con sus colonias. Incluso el propio McKinley afirmó que tuvo una especie de «iluminación divina» cuando una noche le sobrevino la idea de poner en marcha sus planes. Según sus propias palabras: «Yo caminaba por la Casa Blanca, noche tras noche, hasta medianoche; y no siento vergüenza al reconocer que más de una noche he caído de rodillas y he suplicado luz y guía al Dios todopoderoso. Una noche, tarde, recibí su orientación, no sé cómo, pero la recibí»[18].

18. General James Rusling, «Interview with President William McKinley», *The Christian Advocate*, 22 de enero de 1903.

Evidentemente, para ejecutar sus planes necesitaba el beneplácito de la opinión pública, de ahí que, junto con su Estado Mayor, urdiera un plan para justificar la guerra contra España. Piense el lector que McKinley era un hombre especialmente inculto. Cuando su ejército tomó Manila y le fue comunicado el acontecimiento, pidió que le acercasen un mapamundi, pues desconocía dónde se encontraban las islas Filipinas. Pero como la cultura y la maldad pocas veces se dan la mano, en este caso, como no podía ser de otra manera, decidieron ejecutar una operación de falsa bandera, conspirando contra los intereses españoles. Para ello, utilizaron un viejo acorazado que nunca resaltó por su brillante diseño y que incluso habían pensado en renovar. La historia comienza cuando el buque es fondeado en La Habana con el pretexto de proteger los intereses de los ciudadanos norteamericanos que se encontraban en la isla.

El 15 de febrero de 1898, mientras el acorazado estaba fondeado en el puerto de La Habana, ya noche cerrada, un fuerte estallido se pudo escuchar por toda la ciudad. El barco había sufrido diversas explosiones que lo llevaron a pique. Perecieron las tres cuartas partes de su tripulación y murieron un total de 261 personas en dicho atentado. Al día siguiente, la prensa norteamericana se unió al grito de «¡Recordad el Maine, al infierno con España!»[19], justificando plenamente la deseada intervención militar que, casi de manera unánime, pidieron sus miopes ciudadanos.

Una investigación sobre el atentado emprendida por España descubrió que el barco no había sufrido el impacto de una mina española o la colocación de cargas explosivas externas, debido principalmente a dos factores. El primero es que ningún testigo apreció la columna de agua generada por las explosiones acuáticas, como tampoco aparecieron peces muertos, característico efecto colateral

19. «Remember the Maine, to Hell with Spain!» fueron las palabras exactas que empleó la prensa norteamericana.

que generan dichas explosiones. Por otra parte, la serenidad de las aguas en aquellas horas hacía imposible acercar, sin ser detectada, una mina explosiva al fondeadero. El segundo factor, y el más importante, fue que el casco del buque presentaba una explosión interna y mostraba una apertura de este hacia el exterior.

Acto seguido, la guerra comenzó, y los mal preparados barcos españoles frente a los buques norteamericanos blindados y armados hasta los dientes hicieron de la contienda un juego de niños para los conspiradores. Se da la circunstancia de que poco tiempo antes España había rechazado el diseño del primer submarino de guerra, llevado a cabo por Isaac Peral, con el que hubiese destruido fácilmente el casco de madera de los barcos norteamericanos, que solo estaban forrados de metal hasta la línea de flotación y habrían sido presa muy fácil para los primeros torpedos que el propio Peral había diseñado.

Pero centrándonos en esta *black op* (operación negra), que tanto beneficio otorgó a Estados Unidos, vemos cómo detrás de los principales acontecimientos que cambiaron la historia se esconde una verdad que la versión oficial trata, en ocasiones y de manera infructuosa, de maquillar. Y cuando hablo de Estados Unidos, se podría perfectamente hablar de cualquier otra potencia o imperio, forjados todos con innumerables actos de falsa bandera. Se sospecha incluso que el KGB ruso efectuó una ola de atentados en su propio territorio, con el fin de justificar una guerra contra Chechenia y poder colocar a Vladimir Putin en el poder. Teniendo en cuenta que Putin fue director del KGB, vemos que, posiblemente, el círculo se cierra.

O qué decir de los atentados efectuados en 1954 dentro de territorio egipcio, aparentemente efectuados por grupos terroristas islamistas y que afectaron a instalaciones diplomáticas norteamericanas e intereses israelíes. Así lo creímos hasta que un artefacto que detonó prematuramente permitió identificar a parte de los autores, que, según afirmaba Egipto, procedían del propio Israel.

Fue la llamada «operación Susannah»[20]. Con todo ello, se pretendía justificar internacionalmente las intervenciones del por entonces recién creado Estado de Israel.

No olvidemos Italia durante la década de 1970, donde una red clandestina, denominada Gladio, operó bajo las órdenes de la OTAN y de la CIA. Una serie de terribles atentados se sucedieron y fueron atribuidos a grupos comunistas, aunque en realidad eran células fascistas financiadas por los servicios secretos y apoyadas por la propia OTAN, algo que muchos años después fue descubierto por el presidente del Consejo de Ministros italiano, Giulio Andreotti, y publicado por el historiador suizo Daniele Ganser[21]. Estas operaciones terroristas tenían por objeto impedir que el poderoso Partido Comunista italiano alcanzase la presidencia, colocando a la opinión pública contra los falsos terroristas comunistas, presuntos responsables de actos tan terribles como la masacre de la plaza de la Fontana en Milán, en el año 1969, que causó 17 muertos; el coche bomba de Peteano, con tres muertos; o la brutal matanza de la Estación Central de Bolonia, donde fueron asesinadas 85 personas y heridas más de 200. A modo de homenaje, se ha colocado en la estación una enorme placa que recuerda los nombres de las víctimas. Y es que incluso el asesinato del primer ministro, Aldo Moro, atribuido a las llamadas Brigadas Rojas, formó parte de esa siniestra operación Gladio con la que se pretendía impedir la entrada del Partido Comunista Italiano en el poder y, de ese modo, controlar la incipiente esfera de influencia que por entonces tenía la Unión Soviética. Asimismo, Gladio estuvo involucrada en operaciones de falsa bandera en Grecia, Turquía, Alemania, Francia, Portugal y la propia España, cuando se produjo la llamada «operación Ogro», con la que ETA asesinó al entonces almirante Carrero Blanco, posible

20. «Asunto Lavon», *Wikipedia* (en español), http://es.wikipedia.org/wiki/Asunto_Lavon.

21. Daniele Ganser, *Nato's Secret Armies: Operation Gladio and Terrorism in Western Europe*, (Londres: Routledge, 2005).

sucesor de Francisco Franco en la jefatura del Estado. Fue muy extraño que toda esa operación se llevase a efecto, pues la ubicación del atentado estaba extremadamente cerca de la Embajada de los Estados Unidos, que disponía ya en la época de sismógrafos para detectar posibles túneles o acciones subterráneas. Quizá la CIA (en aquel momento) no estuvo infiltrada en ETA, pero se ha hablado mucho sobre la posibilidad de que pudiese haber consentido el acto terrorista en pro de la transición, debido al problema que supondría el continuismo de Carrero Blanco al frente del entonces llamado «movimiento nacional».

Como vemos, los llamados «amos del mundo» no titubean a la hora de eliminar seres humanos para alcanzar sus metas. Ejecutan atentados o guerras en las que millones de personas mueren por causas más o menos abstractas. Quizá esos reyes del mundo no sean tan humanos como pensamos, pero de esta teoría hablaremos un poco más adelante. Sé que muchos de ustedes pensarán que estos sacrificios humanos de falsa bandera son cosa del pasado[22]. Lo cierto es que acontecimientos tan impresionantes como el ocurrido el 11 de septiembre de 2001 en Nueva York quizá se encuentren enmarcados dentro del contexto que estamos explicando en este capítulo: operaciones de falsa bandera.

11 de septiembre de 2001

Recuerdo perfectamente qué estaba haciendo el día que, presuntamente, unos aviones tripulados por terroristas impactaron contra las torres del World Trade Center de Nueva York[23]. Lo que en un principio parecía un doble accidente aéreo fue rápidamente desmentido por una noticia aún más terrible que daba un cariz

22. «Los papeles secretos España-EE UU (1973-76)», *La Gaceta*, 3 de agosto de 2014, https://web.archive.org/web/20170419102633/http://www.gaceta.es/noticias/los-papeles-secretos-espana-ee-uu-1973-76-4-03082014-1702.
23. Véase la página de la Wikipedia en inglés sobre las teorías del 11-S.

completamente nuevo y grave a los acontecimientos: el impacto de un tercer avión que se había estrellado contra el Pentágono e incluso un cuarto que lo había hecho en Shanksville (Pensilvania). Inmediatamente, los medios de comunicación comenzaron a especular sobre la autoría del mayor ataque terrorista en terreno norteamericano mientras las Torres Gemelas se derrumbaban por el impacto de sendos aviones. La terrorífica escena dejó en estado de *shock* a los cientos de millones de personas que en directo asistíamos al colapso de los emblemáticos edificios y de la llamada Torre 7. Mirábamos anonadados los televisores que mostraban cómo el edificio más emblemático de los Estados Unidos, el Pentágono, era también objetivo terrorista. Mientras, sincrónicamente, se repetían palabras como Al Qaeda y Osama Bin Laden, presunto autor de este atentado atroz, decían. Todo ello provocó que hasta el último de los mortales creyese a pies juntillas que 19 terroristas islámicos habían tomado el control de cuatro aviones de pasajeros pilotándolos de manera suicida hasta alcanzar tres de sus cuatro objetivos, símbolos del poder económico y militar de la nación más poderosa de la tierra. Un último avión buscó impactar contra la Casa Blanca, intentando derrumbar el poder político de Occidente, sin éxito.

Casi como si de una escena teatral se tratase, el presidente de los Estados Unidos, George W. Bush, se encontraba en el preciso instante del atentado en un colegio infantil, más concretamente en una clase donde parecía compartir la lección junto a una profesora negra. Como si «alguien» supiese que ese momento iba a ser inmortalizado y hubiera decidido construir una escena en la que se mostraba la cercanía del presidente al pueblo, y especialmente a los niños. Demasiado preparado para nuestro gusto. Cabe añadir la calma con la que el propio Bush recibe la noticia, que es la misma con la que alguien espera un evento conocido o previsible.

En total fueron 2973 las personas que perdieron la vida aquel día en el que alguien, astuta y «casualmente», había vendido 24 horas antes de los atentados numerosas acciones de las compañías aéreas afectadas sin razón aparente. Mencionemos también que seis semanas antes de los hechos se vendieron las Torres Gemelas, en cuyo contrato de compraventa se incluyó, también casualmente, una cláusula en el seguro por el cual se pagarían hasta 13 000 millones de dólares en caso de atentado terrorista.

En la semana previa al 11-S, una cantidad «extraordinaria» de opciones de venta se colocaron con United Airlines y American Airlines en la Bolsa. Si no está familiarizado con el mercado de valores, una opción de venta es un contrato financiero entre dos partes que ofrecerán el seguro comprador contra la pérdida excesiva de una empresa. Alguien que compra una opción de venta está esperando que una acción caiga o está protegiendo sus activos. Entre el 6 y el 7 de septiembre, fueron adquiridas 4744 opciones de venta de la compañía United Airlines frente a las 396 opciones de compra. El 10 de septiembre, fueron adquiridas 4516 opciones de venta de American Airlines, frente a las 748 opciones de compra. La actividad comercial fue un 600% por encima del nivel normal. United Airlines y American Airlines fueron las únicas dos empresas que tenían aviones secuestrados el 11-S. Hubo también un número anormal de adquisiciones en opciones de compra en las empresas que tenían participación en el World Trade Center. ¿Casualidad? Continuemos entonces hablando de este tipo de «casualidades»[24].

En los días anteriores al 11-S, la Bolsa de Chicago tuvo el número más alto de opciones negociadas jamás visto en la historia de

24. «More unusual market activity reported before attacks», *Rediff,* 20 de septiembre de 2001, http://www.rediff.com/money/2001/sep/20usmkt.htm; Christian Berthelsen, «Data shows heavy airline-stock short selling», *Sfgate,* 22 de septiembre de 2001, http://www.sfgate.com/business/article/Data-shows-heavy-airline-stock-shortselling-2876345.php; Greg Farrell, «More signs of odd stock trades found», *USA Today,* 26 de septiembre de 2001, http://usatoday30.usatoday.com/money/general/2001-09-26-suspicious-trading.htm; Dave Carpenter, «Exchange examines odd jump», *Cj Online,* 18 de septiembre de 2001, http://web.archive.org/web/20020215082158/http://cjonline.com/stories/091901/ter_tradingacts.shtml.

United Airlines y American Airlines. Los nombres de los inversores siguen siendo un misterio porque nunca reclamaron su dinero. Después se descubrió que un único inversor institucional con sede en Estados Unidos, sin vínculos concebibles con Al Qaeda, compró una gran cantidad de estas opciones.

Por desgracia, el comercio anormal no alerta a la policía. Si las agencias de inteligencia hubieran monitoreado la Bolsa de valores y las injustificadas subidas repentinas de actividad, podrían haber permitido a los analistas establecer conexiones y ver que un gran acontecimiento estaba a punto de suceder, teniendo como actores partícipes a las compañías aéreas mencionadas y al igualmente malparado World Trade Center.

La providencia le llegó extrañamente al secretario de Justicia John Ashcroft, quien días antes había sido advertido de que evitase utilizar vuelos en líneas aéreas comerciales antes del 11 de septiembre. También es casual que una de las principales empresas financieras que ocupa los primeros puestos en compañías de armamento, concretamente el Carlyle Group, consiguiera que sus acciones se disparasen y obtuviesen importantes contratos con el Ejército de los Estados Unidos, siendo una parte del capital propiedad de la corporación Saudi Binladin Group, en la que se encontraba como asesor George Bush padre. Asimismo, resulta también casual que el día anterior al 11 de septiembre, George Bush padre se encontrase en una importante reunión en el hotel Ritz Carlton con, nada más y nada menos que, Shafiq Bin Laden, hermano de Osama Bin Laden, presunto autor de los atentados[25].

También es casual que el avión que impactó contra la cara sur del Pentágono lo hiciese exactamente en el lado opuesto al que se encontraba el secretario de Defensa Donald Rumsfeld.

Como vemos, la casualidad dominó todos los acontecimientos relativos al 11 de septiembre. Igualmente, casual fue la pericia de

---

25 Véase *Fahrenheit 9/11* (2004), filme de Michael Moore.

los terroristas que, aunque apenas eran capaces de pilotar un pequeño avión biplaza, consiguieron que enormes aviones de pasajeros efectuaran una maniobra que solo los más avezados y expertos pilotos del planeta hubieran podido ejecutar. Pero más allá de las casualidades que dependen del factor suerte o del propio azar, son las evidencias las que parecen apuntar a que esta operación fue un autoatentado para poder justificar la invasión de Afganistán, la toma de Irak y un enorme recorte de libertades civiles efectuadas a escala planetaria[26].

Curiosamente, la mayoría de los presuntos terroristas que participaron en aquella fatídica fecha eran saudíes y, sin embargo, es necesario recordar que jamás se pidió la más mínima explicación a Arabia Saudí, tal vez por los ingentes intereses económicos que existen entre ambas naciones. Por poner un ejemplo, Arabia Saudí dio soporte a las acciones militares contra su vecino Irak.

Existen circunstancias sumamente sospechosas, como, por ejemplo, que el secuestrador de uno de los aviones, Waled al-Shehri, acusado por la Comisión del 11-S de haber apuñalado a una azafata en el vuelo United Airlines 11 minutos antes de que impactase contra el World Trade Center, siga vivo a fecha de hoy. Incluso ha denunciado ante la prensa que él no tuvo nada que ver con los atentados, ya que en la fecha en que sucedieron se encontraba en Marruecos, y podía demostrarlo. O la extraña circunstancia de que en las listas de los pasajeros de los aviones que se hicieron públicas no hubiera ningún nombre árabe, teniendo en cuenta que los supuestos secuestradores eran pasajeros árabes que viajaban en los aviones.

Asimismo, si nos centramos en la estructura de acero del World Trade Center, podemos constatar que estaba preparada para recibir impactos de aviones similares y su armazón metálico podría haber aguantado más de 1500 °C antes de fundirse; sin

26. Véase *Fahrenheit 9/11* (2004), filme de Michael Moore.

embargo, según estudios oficiales, la temperatura máxima alcanzada fue de 800 °C[27]. Evidentemente, la pérdida de estructura del acero se ve comprometida a esa temperatura, pero esta no es lo suficientemente elevada como para plastificar las vigas. Por otra parte, como dato curioso, aquellas temperaturas extremadamente altas no fueron lo bastante fuertes como para quemar el pasaporte del líder terrorista Mohamed Atta, que se encontró intacto a solo unas manzanas de las Torres Gemelas. Un claro ejemplo de lo que estamos comentando es el hecho de que, en toda la historia de las construcciones con vigas de acero, nunca se haya desplomado ninguna por debilitamiento de su estructura; algo que los españoles pudimos comprobar en el incendio de la Torre Windsor de Madrid, edificación con una altura de 106 metros que sufrió un pavoroso incendio durante 16 horas y, sin embargo, no se desplomó. Lo único que se desplomó en el edificio Windsor fueron los informes que la Fiscalía Anticorrupción había encargado a una importante auditora en la investigación al Grupo FG, y que habían sido reclamados un día antes del incendio; pues esos documentos fueron pasto de las llamas. Se da la circunstancia de que la auditora es la misma empresa que redactó el informe favorable de las acciones de Bankia, que, en estos momentos, diciembre de 2014, está siendo investigada[28]. Pero eso es algo que a nosotros no nos compete en este libro, o casi...

---

27. Sheila Barter, «How the World Trade Center fell», *BBC News*, 13 de septiembre de 2001, http://news.bbc.co.uk/2/hi/americas/1540044.stm.

28. Jesús Duva, «Una empleada de Deloitte estuvo en la planta 21ª del Windsor hasta las 23.00 del sábado», *El País* (España), 26 de febrero de 2005, http://elpais.com/diario/2005/02/26/espana/1109372426_850215.html; «El incendio del Windsor destruyó la auditoría de Deloitte a FG Valores que pide Anticorrupción», *ABC* (España), 1 de abril de 2005, http://www.abc.es/hemeroteca/historico-01-04-2005/abc/Economia/el-incendio-del-windsor-destruyo-la-auditoria-de-deloitte-a-fg-valores-que-pide-anticorrupcion_201534843916.html; Carlos Segovia, «Economía sanciona a Deloitte con 12 millones por su papel en Bankia», *El Mundo*, 9 de septiembre de 2014, http://www.elmundo.es/economia/2014/09/09/540f572f268e3e2a7e8b458a.html.

El WTC 7

Volviéndonos a centrar en el 11-S, hubo un edificio que no recibió ningún impacto de avión, concretamente el llamado edificio WTC 7 y, sin embargo, también se desplomó, como lo hacen los edificios que son derrumbados por demoliciones controladas. Lo más extraño de este asunto fueron las declaraciones de un oficial de policía que aseguró que Larry Silverstein, propietario del edificio WTC 7, había telefoneado a su compañía de seguros para solicitar la autorización para demoler el edificio con la coordinación con los bomberos. Las demoliciones controladas requieren semanas de preparativos, explosivos especiales y conocimientos de ingeniería estructural para realizar complejos cálculos; por lo tanto, es imposible que todo esto pudiera efectuarse en tan corto espacio de tiempo. ¿No sería que los explosivos estaban ya en el lugar de la explosión? Otro dato sospechoso fue la orden de retirar inmediatamente los escombros tras su demolición, argumentando la búsqueda de personas entre sus restos, pero nadie recuerda que ese edificio ya había sido completamente evacuado antes de derrumbarse[29].

También se intentó ocultar el hecho de que ese edificio estaba arrendado en su mayor parte por organismos federales como la Securities & Exchange Commission, que poseía ni más ni menos que unos diez mil metros de oficinas. Dicho organismo se dedicaba a investigar fraudes fiscales y aquel día perdió «casualmente» la documentación de miles de casos, como la del gigante WorldCom, Enron, y un total de 70 mil millones de dólares presuntamente defraudados por compañías eléctricas californianas.

En el desaparecido WTC 7 también se encontraban las oficinas del Servicio Secreto norteamericano, de aproximadamente unos ocho mil metros cuadrados; las oficinas de la CIA y las del IRS

29. David Watts, *Journey to a Brave New World: The Startling Evidence That Humanity Is Being Manipulated Towards a Very Grim Future—But We Can Change Direction* (Indiana: iUniverse, 2013), 82.

Regional Council, organismo federal encargado de la recaudación fiscal y del cumplimiento de las leyes tributarias, de unos 8400 metros cuadrados; y, como guinda del pastel, en aquel edificio tenía su sede la Oficina para el Control de Emergencias de la Ciudad de Nueva York, cuyas instalaciones ocupaban más de 4200 metros cuadrados. Como vemos, la «providencia» salvó muchos intereses y destruyó incómodas pruebas de investigaciones en curso. En serio, ¿cree usted que todo esto puede ser casual? Como decía un gracioso personaje televisivo: «¡No se vayan todavía! ¡Aún hay más!».

Se da la sospechosa circunstancia de que Marvin Bush, hermano del por entonces presidente de los Estados Unidos, George W. Bush, y su primo Wirt Dexter Walker III eran los directores de la empresa encargada de la seguridad en las Torres Gemelas. Quizá ahora entendamos el *show* del presidente en aquel colegio, durante el cual, a pesar de su cara de inocencia, parecía tener muchos ases en la manga.

El Pentágono

Si la casualidad y los prodigios fueron grandes en el ataque al World Trade Center, el atentado al Pentágono resultó tan milagroso que el único acontecimiento comparable en la historia es el de Moisés separando las aguas del mar Rojo.

Los daños estructurales que sufrió el Pentágono no coinciden con el tamaño del Boeing 757 que impactó contra el edificio. El agujero producido por dicho impacto fue fotografiado y medido antes de que la fachada occidental se desplomase. Su diámetro circular era de 4,9 metros. Si tenemos en cuenta que un Boeing 757 tiene una altura de 13 metros, incluyendo las alas, así como una anchura de 38 metros entre el extremo de un ala y la otra, podemos suponer que el avión replegó sus alas, los reactores y el alerón para entrar limpiamente en el edificio. Lamentablemente, para los que piensan que así sucedió, no se recuperaron ni los motores, ni la cabina, ni los asientos (ni uno solo), ni las alas. Tan solo pequeños fragmentos que fueron celosamente guardados por miembros del FBI, tapándolos con mantas en un intento de correr un velo sobre los acontecimientos reales.

La maniobra de aproximación de ese avión, que pesaba 60 toneladas, efectuada en rumbo de colisión hacia el Pentágono, hubiese sido una proeza incluso para el mejor piloto del mundo. Sin embargo, fue algo que, presuntamente, efectuaron unos terroristas, cuya mejor marca había sido suspender el examen de vuelo con un aeroplano Cessna que pesaba poco más de 400 kilos.

Evidentemente, en la investigación se omitieron las declaraciones de varios testigos que afirmaban haber visto un objeto, notablemente más pequeño que un Boeing 757, aproximarse a gran velocidad a la fachada del Pentágono; además, dicho objeto emitía un sonido silbante y mucho más agudo que el estruendo producido por un avión de pasajeros aproximándose para el aterrizaje. Claro está que ese objeto pudo haber sido filmado por las diversas cámaras de circuito cerrado que había en lugares próximos al edificio del Pentágono, tales como una gasolinera cercana o diversos edificios vigilados de los alrededores. Lamentablemente, las filmaciones fueron inmediatamente confiscadas por el FBI para perderse definitivamente y no figurar en la documentación ofrecida por la llamada Comisión del 11-S. Y es que hasta el propio Donald Rumsfeld en un despiste se refirió al acontecimiento diciendo que había sido utilizado un misil para impactar contra el Pentágono. Quizá el subconsciente, acto reflejo de la verdad, fue verbalizado accidentalmente por el secretario de Defensa.

Otro sospechoso suceso fue la misteriosa reunión que mantuvo el general Mahmud Ahmad, encargado de la Inteligencia pakistaní (ISI), con George Tenet, el por entonces director de la CIA. Curiosamente, dicha reunión se produjo en Washington unas semanas antes de los atentados y en ella participaron importantes miembros del alto mando norteamericano.

Es posible que alguno de ustedes piense que fue circunstancial, pero la Comisión del 11-S que investigó los atentados omitió información sobre la transferencia de 100 mil dólares que efectuó Ahmad a Mohamed Atta semanas antes de los atentados. ¿Por qué ese tripartito contacto entre la ISI pakistaní, la CIA y los presuntos terroristas? El suceso fue tan grave que el propio Mahmud Ahmad fue inmediatamente destituido cuando se dieron a conocer públicamente los datos mencionados, y es que algo sabía Pakistán cuando uno de los más relevantes agentes de inteligencia, Rajaa Gulum Abbas, afirmó que las Torres Gemelas «se derrumbarían».

La necesidad de construir un oleoducto que pasase por Afganistán, así como el rechazo a este proyecto por parte de los talibanes en julio de 2001 no podemos considerarlo un mero aderezo en toda esta historia; el juego de intereses estaba servido.

La descoordinación de la defensa norteamericana fue tal que se dio la «oportuna» circunstancia de que las bases aéreas del Sector Nordeste de McGuire y de Andrews no dispusieran de cazas interceptores en el preciso instante de los atentados, según señaló el informe de la Comisión del 11-S, algo que resultó no ser cierto, ya que la base de Andrews mantenía varios cazas en constante alerta.

Pero centrémonos nuevamente en el Pentágono y el milagro del avión que, limpiamente, y casi sin hacer brecha en la fachada, se incrustó en el edificio más protegido del planeta, sin derribar ni una sola de las múltiples farolas anexas al complejo, rompiendo de este modo todas las leyes de la física y la lógica. A todo este cúmulo de prodigios habría que sumarle la increíble maniobra en espiral efectuada por el vuelo de American Airlines 77, necesaria para impactar en el lado opuesto del Pentágono en el que, casualmente, se encontraba el secretario de Defensa, Donald Rumsfeld.

Tantos despropósitos y milagros se acumularon en un día que, si los secuestradores hubiesen ido a un casino a jugar a la ruleta, habrían tenido más posibilidades de acertar treinta veces seguidas el número premiado.

Algo que desconcertó al FBI fue la carencia de pruebas para poder culpabilizar a Osama Bin Laden. Incluso en su ficha de búsqueda y captura nunca figuró su presunto papel en los atentados. La culpabilidad fue siempre mediática, política y económica, pues jamás la justicia pudo probar que Osama Bin Laden hubiese estado detrás de la operación con su teléfono satelital, dando órdenes desde una cueva en Afganistán; algo que resulta más que gracioso, por no decir ridículo, ya que en julio de 2001 se encontraba en Dubai para someterse a un tratamiento de diálisis, situación que aprovecharon los agentes de la CIA locales para mantener una reunión con él, y de la que nada trascendió.

Nuevos datos

En una encuesta efectuada en Nueva York, un 60% de los ciudadanos consultados afirmaron que los sucesos del 11-S formaron parte de «un trabajo interno» de la Administración Bush. La gente percibe día a día cómo las piezas encajan en la que quizá haya sido la mayor conspiración de la historia. Personalmente, recuerdo una reunión que mantuve con mi buen amigo el excoronel soviético Krutakov (un veterano y curtido militar que efectuó operaciones en Berlín y la península de Kamchatka, pasando por el mar Negro), en la que este astuto hombre afirmaba que todo el operativo había sido montado por los propios norteamericanos. Interesante personaje que siempre niega haber pertenecido al KGB (como buen agente, y no como algunos fantasmas que van diciendo estúpidamente que pertenecen a tal o cual servicio de inteligencia). Sinceramente, creo que a nadie le gustaría tener al coronel Krutakov como rival en el campo de batalla, por la inteligencia, seguridad y astucia que emana.

Centrándonos en los nuevos e importantes datos que con el paso de los años parecen seguir desmontando la versión oficial y apuntalando la hipótesis conspirativa, nos encontramos con elementos adicionales absolutamente sorprendentes. Hay ciertos sucesos que, aparentemente, no tenían nada que ver con el 11 de septiembre de 2001 y que comienzan a estar relacionados: huracanes, extrañas muestras que se recogieron en el aire y en el suelo, extraños efectos en aparatos electromagnéticos, vibraciones anómalas recogidas por sismógrafos, que se interpretan como explosiones de un gran calado, temperaturas anómalas e incluso radiaciones gamma, que nos hacen pensar que detrás de los atentados de las Torres Gemelas hubo, aparte de un explosivo denominado «termita», deflagraciones nucleares en el subsuelo realizadas con minibombas atómicas.

Se ofrecieron muy pocas fotografías de la zona cero. Oportunamente y para evitar especulaciones, se alegó que por respeto a las víctimas no se permitía fotografiar la zona, pero en alguna de las escasas tomas disponibles se muestra un inmenso cráter, un inmenso agujero que va hasta el nivel más inferior del complejo, que concretamente tenía 100 metros de diámetro y ocho pisos de profundidad, en el lugar donde la Torres Gemelas se colapsaron. ¿Cómo se produjo semejante agujero? Se detectó que hubo explosiones nucleares subterráneas controladas. Explosiones producidas por minibombas atómicas. Hay una serie de pruebas que parecen avalar esta versión. El edificio, cuando cae, desaparece literalmente porque se mete dentro del cráter formado por la explosión nuclear.

Ondas sísmicas

Hay grabaciones de vídeo en las que las cámaras de la prensa, que estaban apoyadas en trípodes, muestran vibraciones en la superficie. Esas explosiones nucleares ocurren justo antes del colapso, primero de la Torre Sur y luego de la Torre Norte, y provocan vibraciones que se aprecian en los vídeos. Incluso esas ondas sísmicas fueron registradas por los sismógrafos de la zona, diferenciándose perfectamente las ondas producidas por el derrumbe de las ondas generadas por las explosiones. En sismología, las fuentes de impacto producen ondas de baja frecuencia, mientras que las fuentes explosivas producen ondas de alta frecuencia. Las ondas sísmicas producidas durante el colapso del World Trade Center eran de alta frecuencia. Esto indica que no fueron producidas por impactos de escombros en la superficie, sino por una fuente explosiva impulsiva que estaba dentro del propio terreno.

Como ya dije, tenemos muy pocas instantáneas de la zona cero, pero en una serie de ellas se aprecia un cráter de unos tres pisos de profundidad donde se pueden ver una serie de piedras y rocas que están perfectamente pulidas, como si hubiesen sido sometidas a un calor extremo que ha fundido la arenisca, el cemento, el hormigón armado e incluso también los pilares de acero, que se muestran retorcidos como una barra de regaliz. Una amalgama que aparece justo en el fondo del cráter y que está perfectamente fundida.

Muchos de ustedes se estarán preguntando hace rato por qué afirmamos que fueron bombas atómicas. Trataremos de explicarlo a continuación. Resulta que hubo organismos oficiales que recogieron muestras de partículas en el aire que, cuando fueron posteriormente analizadas, contenían elementos tales como bario, estroncio, uranio, zinc, vanadio, níquel y cromo. Estos elementos nunca deberían haber estado en el subsuelo de Manhattan, y algunos de ellos, en circunstancias normales, jamás podrían haberse recogido en Nueva York, en las Torres Gemelas.

Estos niveles elevados de partículas nucleares fueron omitidos en los comunicados de prensa, pero aparecen en los informes originales. La USGS, el Servicio Geológico de los Estados Unidos, obtuvo 33 muestras y encontraron altos niveles de vanadio, que es un subproducto que solo se genera después de una desintegración radiactiva. El doctor Thomas Cahill, de la Universidad Davis de California, llegó a la zona cero el 2 de octubre de 2001 para analizar el área. Sus conclusiones fueron que el nivel de vanadio era el más alto jamás visto en una ciudad de los Estados Unidos. Aparecieron, además, importantes niveles de níquel y de cromo, también producidos por desintegración radiactiva ocasionada por una explosión nuclear. La evidencia se incrementa en las muestras del aire, ya que desde el 11 de septiembre hasta el 26 de octubre los niveles de vanadio aumentaban a diario, es decir, cuanto más removían los escombros, más aumentaba el nivel de vanadio, debido a la dispersión del polvo radiactivo en la atmósfera.

El efecto EMP

Una explosión nuclear deja su «firma». Por ejemplo, el EMP (*electromagnetic pulse*) o pulso electromagnético que se genera debido a que los electrones giran a un ritmo tan rápido que cortocircuitan todos los sistemas electrónicos en una distancia concreta. Ordenadores, líneas eléctricas, móviles, etc., dejan de funcionar. Se dio la circunstancia de que hubo muchos bomberos que murieron en la segunda torre. Nos preguntamos cómo pudo suceder algo así y por qué no recibieron un aviso de evacuación. El personal que tenía que haberlos avisado por *walkie-talkie* se encontró con que estos no estaban operativos debido al efecto EMP. Ese pulso electromagnético destruyó los sistemas de comunicación. Uno de los bomberos hizo las siguientes declaraciones: «Procedí a dar los avisos de socorro en todos los canales. Tenía la radio en el vehículo, pero no funcionaba. La radio estaba completamente muerta».

Incluso se pidieron explicaciones a la famosa marca de *walkie-talkie* de por qué fallaron todos. Cuando la compañía contestó, después de numerosas pruebas y quebraderos de cabeza, simplemente dijo que no tenían ni idea. Otras personas que estaban usando sus teléfonos móviles cerca de las Torres Gemelas declararon que los teléfonos no funcionaban, que no había señal. Incluso pensaron que se debía a la desaparición de las antenas de las Torres Gemelas.

El misterio de los escombros de la zona cero

Hubo un incendio en los escombros y hay mediciones térmicas que indican que durante muchos días, semanas incluso, se mantuvo activo sin que se pudiera extinguir, a pesar de que se encontraba en una zona donde apenas entraba el aire. Todos sabemos que es el oxígeno lo que alimenta el fuego. Se registraron mediciones de entre 400 °C y 1550 °C. El incendio del Edificio Windsor, ocurrido en 2005 en Madrid, fue mucho mayor que el que hubo en las Torres Gemelas, sin embargo, a la mañana siguiente ya se había enfriado y los restos se encontraban a temperatura ambiente. En cambio, en las Torres Gemelas el fuego y las altas temperaturas se mantuvieron a 1550 °C durante semanas. No existe explicación lógica, a no ser que se trate de una reacción térmica, una explosión nuclear que hubiera estado liberando calor durante mucho tiempo.

Los perros policía tuvieron heridas en las patas porque el suelo seguía quemando después de muchas semanas, alguno murió a consecuencia del fuerte calor. El personal que trabajaba entre los escombros informó de que las suelas de sus zapatos se derretían. Incluso los zapatos con puntera de acero se deformaban y causaban ampollas en los pies a los bomberos y demás servicios de emergencia. Hay alguna fotografía en la que, semanas después, se ve a bomberos con mangueras tratando de enfriar el suelo. Hablamos, pues, de un incendio imposible. Si no existe un foco interno de calor que sea continuo, no se puede mantener. Es un efecto térmico muy relacionado con las explosiones nucleares controladas, donde el punto de detonación mantiene durante mucho tiempo un enorme calor latente de origen radiactivo en el que el oxígeno no juega un papel predominante.

No se permitió la entrada de ninguna cámara para grabar imágenes en la zona de escombros. Un videoaficionado consiguió grabar desde su vivienda importantes vídeos del proceso de recogida y retirada de escombros. Pero la vigilancia que se extendió a las ventanas de los alrededores fue tan estrecha que el propio FBI se presentó en su casa para requisarle todas las grabaciones. ¿En qué afectaba eso a la seguridad nacional? ¿Acaso no convenía que esas imágenes dejasen ver esas extrañas pruebas?

La prueba definitiva: el efecto Cherenkov

El soviético Pavel Alekseyevich Cherenkov fue, posiblemente, el físico más notable, aunque desconocido, después de la muerte de Einstein. Él y su equipo de trabajo, compuesto por Tamm e Ilya Frank, recibieron en 1958 el Premio Nobel. Pavel descubrió el llamado «efecto Cherenkov». En 1934, cuando trabajaba bajo el mando de Serguéi Ivánovich Vavílov, otro prominente físico, Cherenkov observó la emisión de luz azul en una botella de agua sometida a bombardeo radiactivo. Este fenómeno se asoció a las partículas atómicas cargadas que se mueven a velocidades mayores a las de la luz y que generan también rayos gamma. Este hallazgo resultó ser de gran importancia en el posterior trabajo experimental de la física nuclear.

Cherenkov fue, además, el padre de los nuevos aceleradores de partículas, tecnología desarrollada, en parte, por él y sobre la que está construido el gran acelerador de partículas suizo del CERN. Según sus investigaciones, cuando un artefacto nuclear es detonado, genera rayos gamma que aceleran las partículas atómicas, y se produce una luz azul visible que ha venido a denominarse «efecto Cherenkov». Lo que poca gente conoce es que esta radiación fue claramente visible en el accidente de la central nuclear de Chernóbil, sucedido en 1986. El ingeniero jefe mecánico del reactor número 4 recuerda que, en el momento en que escapaba, pudo ver saltar por los aires la tapa de dos mil toneladas que cubría el reactor, debido a la presión de vapor generada. Cuando se dio la vuelta, la vio volar y pudo apreciar una potentísima luz azul. Él la describió como un láser que surgía de la zona donde estaba el reactor: estaba observando el efecto Cherenkov producido por los rayos gamma en su espectro visible.

Se da la circunstancia de que el enorme agujero en el que cayeron las Torres Gemelas parece ser que empezó a emanar una misteriosa luz azulada a medida que iban retirando los escombros. Era el efecto Cherenkov, que se hacía mucho más evidente al anochecer.

Evidentemente, y para evitar preguntas sospechosas, se tomó una inesperada decisión con la que los conspiradores pudieron camuflar tamaña evidencia. ¿Se acuerdan de aquellos enormes 44 focos azules que se pusieron donde se encontraban las Torres Gemelas, alegando que con ellas homenajeaban a los fallecidos? Ese «espectáculo» luminoso fue llamado Tributo de Luz. Se trataba de dos enormes columnas azules que estuvieron desde el 11 de marzo al 11 de abril de 2002, fecha esta última en la que llegaron al núcleo desde donde se estaba emitiendo la radiación Cherenkov. Los focos eran astutamente encendidos al atardecer y apagados al amanecer. Cuando, finalmente, se retiraron los escombros y se tapó el foso, las luces fueron retiradas y llevadas a un almacén en Las Vegas. Así encubrieron una irrefutable prueba de que allí se había producido una explosión nuclear.

Es posible que incluso hoy en día esa fosa siga generando calor.

La atmósfera y los huracanes

En la actualidad hay 70 mil afectados, con graves problemas respiratorios, linfomas y todo tipo de tumores, entre las personas que estuvieron ayudando en las tareas de desescombro y rescate de víctimas, así como entre quienes se hallaban cerca de aquellas presuntas deflagraciones nucleares. La situación es tan grave que incluso a fecha de hoy siguen muriendo personas que estuvieron en la zona en aquella fatídica fecha. Por ofrecer un dato, diré que solamente el pasado día 22 de septiembre de 2014 murieron tres bomberos a causa del cáncer: Howard Bischoff (58 años), Robert Leaver (56 años) y Daniel Heglund (58 años), los tres el mismo día. Desde el 11 de septiembre de 2001 hasta septiembre de 2014 murieron de cáncer 850 bomberos y miembros de los equipos de rescate. Aún hoy las fuentes oficiales evitan afirmar que en el aire había tóxicos mortales.

Pero esta tragedia podría haberse convertido en un holocausto si el viento en Nueva York no hubiese sido fuerte, algo que se aprecia claramente en las imágenes que se tomaron aquel día. Vemos en una de las fumarolas de las Torres Gemelas cómo el aire se llevaba el humo. Si ese movimiento de partículas aéreas hubiese ido acompañado por un viento suave, la cantidad de afectados hubiese sido inmensamente mayor. Quizá estaríamos hablando de millones de personas afectadas.

Aquel día se produjo un hecho peculiar y singular en la atmósfera, algo totalmente anómalo. De manera sincrónica, se desataron tres huracanes: el huracán Gabrielle, el huracán Erin y el huracán Félix que, conjuntamente y casi a la vez, soplaron sobre la ciudad. Incluso la meteorología oficial calificó el fenómeno como «una inusual racha de tormentas». Los tres huracanes generaron altas presiones y permitieron la retirada de esa atmósfera contaminada hacia el mar, favoreciendo la entrada en Nueva York de aire fresco proveniente de Canadá.

Es como si alguien hubiese creado una condición climática capaz de generar esos tres huracanes, alguien que sabía perfectamente que el aire en Nueva York se iba a volver altamente tóxico y producir la masacre más mortal de la historia.

El arma más buscada: el control del clima

Una de las armas más ansiadas por los ejércitos ha sido el control de las condiciones climáticas. Poder producir largas sequías o desatar enormes huracanes es un sueño que incluso el propio Hitler ordenó investigar en 1944, enviando a un grupo de meteorólogos y militares a la lejana isla de Spitsbergen, pasado el mítico paralelo 80. Curiosamente, dicho contingente fue el último en entregarse tras la rendición de Alemania.

Para producir altas o bajas presiones en la atmósfera es necesario calentar sus capas lo suficiente como para generar un movimiento de aire. Ese movimiento, calculado correctamente, junto con la dirección e intensidad, puede producir un efecto «bola de nieve» que desencadena huracanes. La teoría es relativamente fácil, pero ¿existe una máquina capaz de modificar la temperatura en alguna capa atmosférica? La respuesta es sí.

El HAARP

El High Frequency Active Auroral Research Program, o HAARP, fue un programa de investigación financiado por la Agencia de Investigación Avanzada de Defensa, las Fuerzas Aéreas y la Marina de los Estados Unidos. Básicamente, se trata de un enorme complejo de antenas, alimentadas por una central térmica de gas, capaces de lanzar potentes trenes de ondas electromagnéticas a una capa atmosférica denominada ionosfera. Este dispositivo avanzado tiene múltiples utilidades, algunas de ellas desconocidas para el gran público, pero que figuran en la patente original. Una de las cualidades de esta «navaja suiza» es la de alterar la atmósfera, según figura en la patente US4686605A a nombre de su creador, Bernard J. Eastlund. En su encabezamiento puede leerse: «Métodos y aparatos para alterar una región de la atmósfera, la ionosfera y la magnetosfera terrestre». De modo que deducimos que sí disponen de una máquina capaz de modificar el clima y lanzar hasta 1,7 gigavatios de potencia en un punto de la atmósfera, produciendo una alta presión capaz de desatar importantes eventos climáticos.

Sobre el HAARP podríamos escribir una enciclopedia, pero en esta obra hemos decidido incluir solamente esta referencia para que el lector vea con más perspectiva los extraños acontecimientos que rodearon aquella nefasta fecha.

Consecuencias calculadas

Aquellos que operaron detrás de los atentados conocían bien las pingües consecuencias políticas, económicas, sociales y estratégicas que tamaño suceso desencadenaría.

Vamos a enumerar una breve pero concreta lista de «objetivos» alcanzados con los atentados del 11-S.

- Fue el comienzo de la llamada «ofensiva contra el eje del mal». El 8 de octubre de 2001, cuatro semanas después de lo acontecido, comenzó la llamada «guerra contra el terrorismo», una lucha militar contra un fantasma que iba a propiciar el comienzo de la desestabilización de Oriente Medio.
- El control de Irak, siempre dentro del marco de la llamada «guerra contra el terror», justificada por la presunta posesión de armas de destrucción masiva por parte del asesinado presidente Sadam Husein; armas que nunca fueron encontradas, así como tampoco pruebas de su presunto apoyo al sospechoso grupo terrorista Al Qaeda. Por consiguiente, un jugoso punto estratégico para futuras operaciones militares.
- El control del crudo iraquí por parte de las principales petroleras del mundo. Fue un sueño obtenido después de la invasión de dicho país. Solo en 1980, Irak producía 3,5 millones de barriles que generaban 21 000 millones de dólares de beneficios.
- Toma de Afganistán por parte de Estados Unidos en 2001. Se da la circunstancia de que la principal fuente económica afgana procede del cultivo del opio. Curiosamente, al año siguiente después de haber tomado el control del país, la producción de opio fue creciendo hasta ser en la actualidad un 400 % más elevada que en el año 2000. Es como si aquellos que planificaron el atentado del 11-S estuviesen detrás del tráfico de este narcótico. Por dar un dato muy revelador diré que solo en 2011 se produjo opio por valor de casi mil millones de dólares en una superficie total de 209 mil hectáreas.
- La aplicación de la llamada Patriot Act, justificando la prevención de futuras acciones terroristas. Se legalizó un acta por la que se

restringían los derechos civiles de los ciudadanos, siendo estos sometidos a un importante intrusismo por parte del gobierno y a una mayor vigilancia de sus comunicaciones.

- El endurecimiento de las leyes de control internacional de los ciudadanos. Las leyes penales de muchos países, incluida España, fueron modificadas para permitir un mayor control sobre las actividades individuales, sobre todo en aeropuertos.

Alguien, sin lugar a dudas, ha conseguido alimentar la industria armamentística, la petrolera y el narcotráfico con aquel gran suceso. Pensar que todo esto es fruto de la casualidad es mantener una actitud infantil, del mismo modo que el avestruz intenta eludir el huracán pensando que, al meter la cabeza en un agujero, conseguirá evitar sus efectos.

La farsa de la operación Gerónimo

Fueron muchos los esfuerzos puestos en marcha desde 2001 hasta 2011 para capturar a Osama Bin Laden. Todas las operaciones ejecutadas para acabar con el presunto terrorista más buscado de la historia parecían terminar en fracaso. Se recibieron «chivatazos» sobre su posible paradero, pero todos resultaron ser pistas falsas, o bien él se esfumaba antes de ser capturado. Era como si tratasen de atrapar a un fantasma, una sombra mediática que se desmaterializaba constantemente.

El 1 de mayo de 2011 se anunció en todos los medios de comunicación que un grupo de unidades de élite, compuesto por los llamados Seals (acrónimo de SEa, Air y Land: Mar, Aire y Tierra), bajo órdenes del Alto Mando de los Estados Unidos, había capturado muerto a Osama Bin Laden en la ciudad de Abbottabad en Pakistán. La operación fue incluso seguida en directo por el propio presidente Barack Obama, quien, reunido con parte de su *staff*, vio cómo se tomaba la villa donde supuestamente residía el terrorista saudí. Esta acción dio un impulso a la popularidad del presidente, que estaba decayendo y perdía enteros entre sus seguidores, pues la población consideraba que las múltiples promesas que había efectuado en la campaña electoral no se convertían en hechos.

Misteriosamente, ninguna fotografía de Osama Bin Laden muerto trascendió de aquella operación, como tampoco trascendieron los resultados obtenidos de las pruebas de ADN que, supuestamente, se efectuaron al cadáver. Todo esto, sumado a la destrucción del cuerpo, que fue lanzado al mar desde el portaaviones USS Carl Vinson, alegando que formaba parte del rito islámico funerario, sinceramente, es más que sospechoso. Nuevamente, todo nos recordó a una operación de encubrimiento al más puro estilo Hollywood.

El gran maestre templario David Petraeus

Vamos a intentar desvelar cómo se ejecutó esta operación que parece un espectáculo de Disney, y que encubre un telón de fondo siniestro. Todo comenzó con las primeras operaciones en Oriente Medio, dirigidas por el entonces general David Petraeus, un militar que, debido a su apabullante éxito, fue nombrado al año siguiente director de la CIA. Un hombre estrechamente vinculado a las guerras de Irak y Afganistán durante su etapa militar.

En realidad, Petraeus es lo más parecido a un gran maestre templario. Su experiencia lo convertía en el tipo ideal para dirigir un conflicto tan secreto y lleno de connotaciones al más alto nivel. Eligieron al hombre más interesado en mantener el conflicto islámico. Este militar aseguró a Obama que con 33 mil hombres más se garantizaba la victoria final para este conflicto. Curiosamente, 33 mil hombres, un extraño número siempre vinculado al llamado Supremo Consejo de Grado 33, el más alto grado de la masonería, según el Rito Escocés Antiguo y Aceptado. Y es que recordemos que las raíces de David Petraeus se remontan militarmente a la Holanda del siglo XVI, algo que, unido a sus éxitos militares, le permitió obtener en 2012 una extraña condecoración holandesa denominada la Gran Cruz de Caballero de la Orden de Orange-Nassau con espadas. Curiosamente, según indica la Biblioteca Nacional de Holanda (Nederlandsche Vrijmetselaars Almanak), la Orden de Orange-Nassau se vincula con la masonería en 1818. Recordemos al lector la fuerte conexión entre la ancestral Orden del Temple y la masonería[30].

Pero sigamos con los hechos. El presidente Obama, flamante ganador del Premio Nobel de la Paz, concedió a Petraeus 100 mil hombres más para asegurarse la victoria en la guerra, algo que produjo una auténtica carnicería, pues en 2011 más de 6 mil soldados norteamericanos resultaron muertos y se contabilizaron unos 45 mil heridos. La popularidad del conflicto en Estados Unidos estaba bajo mínimos. Era preciso hacer una operación impactante para que la gente tomase interés por estas guerras camufladas bajo el eufemismo de «intervenciones militares» y ejecutadas por soldados a quienes, con otro eufemismo, se les denomina «tropas de paz».

La caza de Osama Bin Laden

La operación que podía favorecer la aceptación popular del largo conflicto en Oriente Medio era, evidentemente, la captura del hombre más buscado del planeta: Osama Bin Laden. Antes de su captura, se encargaron de publicar una serie de vídeos bastante ridículos, que circularon entre los años 2001 y 2010, protagonizados por él. Una vez analizados estos vídeos, algunos expertos aseguran que su fisionomía y sus facciones en ningún caso son las de Bin Laden. Es el caso de David Ray Griffin, miembro veterano del movimiento por la Verdad del 11-S, quien afirmaba que todas las grabaciones en

30. A. S. Carpentier Alting, *Woordenboek voor Vrijmetselaren* (Haarlem: Archivo de De Erven F. Bohn, 1884), https://www.dbnl.org/arch/alti003woor01_01/pag/alti003woor01_01.pdf; «David Petraeus», *Wikipedia* (en inglés), http://en.wikipedia.org/wiki/David_Petraeus.

vídeo y en audio de Osama Bin Laden eran falsas. El señor Griffin, experto en teología, comprendió que el mensaje religioso de Osama en los vídeos era absurdo para alguien como él[31].

Sé que muchos de ustedes sospechan que Osama Bin Laden ya había sido asesinado hacía tiempo. Que Bin Laden era una marca comercial más que una realidad. Pero la operación se ejecutó de la siguiente manera, según las fuentes oficiales: un grupo de helicópteros pertrechado con contingente militar al más alto nivel asaltó una mansión en Pakistán, una enorme villa donde, supuestamente, vivía Bin Laden. Después de 40 minutos de combate, el terrorista más buscado del mundo recibió un tiro en la cabeza[32].

El presidente Obama recibe en tiempo récord los resultados de las pruebas de ADN que confirman la identidad de Bin Laden, y también en tiempo récord el cadáver es lanzado al mar, donde se acaban misteriosamente los interrogantes sobre la identidad del hombre abatido en esa lejana mansión de Pakistán. Pero recordemos al lector que jamás se han publicado las fotografías de su muerte ni los resultados de las muestras de ADN que Estados Unidos aseguraba tener. Hemos asistido a una gran puesta en escena: el asesinato de Osama Bin Laden.

Seals, todos misteriosamente muertos

Posteriormente, la Casa Blanca condecoró secretamente al grupo de fuerzas especiales que intervinieron en la operación: los Navy Seals. Las mejores tropas de los Estados Unidos, muy bien pertrechadas, perfectamente preparadas y duramente entrenadas; si bien es cierto que se produjeron filtraciones por parte de un exoficial de inteligencia naval, llamado Milton William Cooper, quien

31. David Ray Griffin, *Osama Bin Laden: Dead or Alive?* (Olive Branch Press, 2009).
32. Carlos Fresneda, «Así mataron a Bin Laden», *El Mundo* (España), 2 de mayo de 2011, https://www.elmundo.es/america/2011/05/02/estados_unidos/1304317566.html.

afirmaba que existían por encima de los Seals unos cuerpos especiales secretos de altísimo nivel, denominados los Delta Team[33]. Al parecer, el acto de la condecoración de los Seals se produjo en privado, según se informó en mayo de 2011, y fue el presidente en persona quien les entregó las condecoraciones, manteniendo las identidades de los soldados en secreto, pero posteriormente trascendió que era el Navy Seal Team 6.

Sin embargo, hubo una serie de cabos sueltos difíciles de explicar. Por ejemplo, un vídeo de la Agencia de Noticias Pakistaní en el que se entrevistaba a un testigo ocular de toda la operación llamado Muhammad Basheer, quien relataba con precisión los sucesos que rodearon la operación de las fuerzas especiales, y que en nada se parecían a la versión oficial presentada por Estados Unidos. Cuenta el señor Basheer que llegaron tres helicópteros y de uno de ellos solamente bajaron unos diez o 12 hombres. Después del fragor de la batalla, el helicóptero volvió a recogerlos. Cuando estos hombres montaron en el aparato, este explosionó. Todos murieron. No hubo supervivientes y, desde luego, no se encontraron cadáveres, solo algunos restos humanos repartidos por la zona. Quedaron hechos picadillo.

Esto da lugar a que nos hagamos algunas preguntas... ¿Explotó el helicóptero que transportaba el cuerpo de Bin Laden y a los Seals? ¿Cómo pudo asegurar la Casa Blanca que no hubo heridos? ¿A qué Seals condecoró Obama secretamente si, según el testigo, todos murieron en la operación? Nos preguntamos también cómo, después de unos 40 minutos de combate en un terreno que no conocían, con la dificultad añadida que supone la oscuridad de la noche, pudieron internarse dentro de un fortín de Al Qaeda donde se encontraban los hombres más fieros y mejor preparados de Bin Laden y, aun así, conseguir salir victoriosos y sin ninguna baja.

---

33. Milton William Cooper, «The Secret Government», 23 de mayo de 1989, https://www.scribd.com/document/11499847/the-secret-government-by -milton-william-cooper.

Pero la noticia más impactante apareció el 6 de agosto de 2011 cuando se produjo un atentado en Afganistán en el que, según fuentes oficiales de la Casa Blanca, todos los miembros del Navy Seal Team 6 que intervinieron en la operación de captura de Bin Laden habían muerto al ser derribado por las fuerzas insurgentes afganas un helicóptero en el que viajaban 25 miembros de los Seals, curiosamente los mismos que habían sido condecorados por el presidente Obama. En aquel atentado murieron un total de 38 personas.

Con los Seals muertos y Bin Laden en el fondo del mar, habían desaparecido todos los protagonistas de la operación Gerónimo, algo que, sin lugar a dudas, eliminaba cualquier posible futura fisura que la sospechosa versión oficial pudiera mostrar. Pero hubo un pequeño problema. Uno de los Seals del Team 6 no viajaba en aquel helicóptero, el último testigo vivo que, casualmente, también desaparecería meses más tarde.

El último hombre

El sábado 22 de diciembre de 2012 el comandante Job W. Price, de 42 años, muere misteriosamente a causa de las lesiones producidas por un aparente intento de suicidio. Price había sido trasladado al Navy Seal Team 4 procedente del Team 6, que participó directamente en la operación Gerónimo; era, por tanto, el último militar vivo que presuntamente capturó y dio muerte a Osama Bin Laden.

Como si el propio Raymond Chandler hubiese escrito esta novela negra, todos los hombres que intervinieron en la captura del hombre más buscado del planeta han muerto. Algunos pueden pensar que es casualidad, pero, sinceramente, creer en la casualidad en un juego del que emanan tantos intereses es como pensar que Bambi fue un personaje histórico.

Todos murieron convenientemente. El caso ha quedado cerrado. Ya no hay cabos sueltos. Fin de la historia. Una *black op* en toda regla, una operación negra. Pero ahora es cuando la verdad intenta abrirse paso.

Osama Bin Laden murió el 26 de junio de 2006

En realidad, Osama Bin Laden murió unos años antes, según las últimas revelaciones del exagente de la CIA Berkan Yashar, quien fue entrevistado sobre la captura de Bin Laden en la cadena de televisión rusa Canal Uno. En aquella entrevista, este exagente cuenta una extraña historia: «La primera vez que conocí a Bin Laden fue en Chechenia. Concretamos una reunión en una vivienda en la ciudad de Grozni». La casa en cuestión era propiedad de la familia del expresidente georgiano Gamsakhurdia, que fue expulsado de su país. En aquella casa vivió Osama Bin Laden. Yashar comenta que no solo le conoció a él, sino a los tres guardaespaldas que lo protegieron hasta el día de su muerte, el 26 de junio de 2006. El propio Yashar fue testigo y así lo ha contado en una televisión rusa[34]. Osama Bin Laden murió de una enfermedad por causas naturales. Su cuerpo fue enterrado en las montañas de la frontera entre Pakistán y Afganistán. Este fue el deseo del fallecido. La ubicación del cuerpo solo fue conocida por sus tres guardaespaldas. Estos hombres fueron Sami, Mahmood y Ayub, los tres hombres que estuvieron con Bin Laden hasta el fin de sus días.

Pero la CIA tenía que cerrar esta operación y no dejar ningún cabo suelto. Para conseguir la información sobre el lugar donde enterraron a Osama Bin Laden, agentes de la CIA secuestraron a Sami. Cuando la CIA supo la ubicación precisa, desenterraron el cuerpo y se deshicieron de los restos para evitar que saliesen a la luz las pruebas que pondrían en evidencia aquella farsa de la operación Gerónimo. Esta maniobra norteamericana fue un encubrimiento a

34. «"Bin Laden died of disease in 2006" - former CIA agent», *Russia Today*, 17 de mayo de 2011, https://www.rt.com/news/bin-laden-cia-agent-2006/.

gran escala y perfectamente orquestado para mejorar la popularidad del presidente Barack Obama. La opinión pública estaba en contra de las actividades militares de los Estados Unidos en Afganistán. El hecho de matar a Bin Laden y mostrarlo como un acto heroico era una forma de bendecir y justificar este tipo de intervenciones. En realidad, nos parece que todo fue un montaje[35].

La última Cruzada

Desde nuestro punto de vista, todo esto es como una Guerra Santa, como las Cruzadas en las que los Templarios se enfrentaron a Saladino hace casi mil años. Esas Cruzadas escondían un gran secreto y grandes intereses. Estoy seguro de que el petróleo es uno de sus principales objetivos de saqueo, pero hay algo más, algo más tenebroso y oculto, una causa mucho más oscura. Si usted toma los libros sagrados y observa las guerras, las causas son siempre las mismas. Los dioses que están detrás de las guerras del pasado, y que ya aparecían en el Pentateuco, están también detrás de las actuales, escondidos, encubiertos e invisibles. Su influjo sigue y sigue y el muñeco humano continúa trabajando para sus tenebrosos fines. Pero de este tema en cuestión trataremos más adelante.

Nos hemos centrado en los atentados del 11 de septiembre de 2001, hemos visto cómo abrumadoras pruebas parecen demostrar que se trata de una «operación de falsa bandera». Lo cierto es que unos años después también vivimos dos terroríficos atentados en Europa repletos de irregularidades y cabos sueltos. Estos fueron los atentados de Madrid del 11 de marzo de 2004 y los de Londres del 7 de julio de 2005. ¿Nuevos casos de falsa bandera? Nosotros opinamos que sí, debido a las extrañas circunstancias que rodearon los hechos.

35. «Former CIA Agent Claims Americans Did Not Kill bin Laden», *Pravda.ru*, 19 de mayo de 2011, https://english.pravda.ru/news/world/117950-binladen/#.VLg-VkeG914.

Evidentemente, si empezamos a mirar con perspectiva la historia del propio ser humano desde sus primeros registros escritos, vemos que constantemente surgen «eventos» que desencadenan catástrofes. Todos esos eventos parecen forjados por una misteriosa mano que acompaña a la raza humana desde la más remota antigüedad, una mano que desde hace 70 mil años se presenta como un ser superior al que las distintas culturas han denominado «dios».

CAPÍTULO 4

LA ÚLTIMA FRONTERA

Operación Luna

Sé que muchos de ustedes se preguntan qué tiene que ver todo esto con el espacio. La respuesta es simple. Si tenemos en cuenta que la gran mayoría de instituciones y corporaciones tienen intereses ocultos y fines distintos para los que fueron creadas, ¿qué sucedería si una institución como la NASA (Administración Nacional de la Aeronáutica y del Espacio) o la ESA (Agencia Espacial Europea) no fuesen completamente transparentes? ¿Qué sucedería si en la conquista del espacio hubiese mucho más de lo que nos están contando? La repercusión de lo que no sabemos frente a lo que nos muestran causaría el fin del actual modelo político-económico mundial. Las consecuencias serían tan graves que en el momento en que descubriésemos la verdad de aquello que no nos cuentan, o directamente ocultan, el mundo tal y como lo conocemos dejaría de existir, obligándonos a modificar todas y cada una de las ideas preestablecidas que nos han impuesto.

Desde niños hemos mirado las estrellas. Lamentablemente, nuestra madurez consigue que olvidemos la mirada vertical y observemos el mundo solo horizontalmente, perdiendo la perspectiva de todo lo que alberga el cosmos, algo que parecían conocer bien quienes escribieron el lema de la Universidad Nacional de Tucumán en Argentina: «*Pedes in terra ad sidera visus*» ('los pies en la tierra y la mirada en el cielo').

Hay un factor que define el progreso humano y es el tipo de energía que es capaz de canalizar y gestionar una civilización. Los antiguos griegos conocían y utilizaban la palanca, aprovechaban la energía del viento para la navegación y producían calor mediante la combustión de maderas y sencillos carbones. En el Medievo, se siguió utilizando el carbón y se perfeccionaron las viejas palancas griegas, pero no fue hasta la llegada de la Revolución Industrial cuando se impuso el motor en detrimento del esfuerzo físico animal o humano. Curiosamente, nuestros más modernos motores de Fórmula 1 o de las más prestigiosas marcas de automóviles son una modificación del llamado «motor de combustión interna», inventado por el alemán Nikolaus August Otto en 1872, siendo una variante del motor original patentado en 1862 por Beau de Rochas.

Han pasado más de 150 años y seguimos utilizando una versión de motor similar. Nos preguntamos por qué. ¿Acaso no han existido ingenieros o inventores capaces de superar el genio del insigne Rochas? Eso es debido a que los intereses económicos mundiales generaban pingües beneficios con un motor que necesitaba acero, carbón e hidrocarburos, pero si las grandes fortunas económicas no hubiesen florecido con este invento, jamás hubieran permitido su expansión y diversificación, como ocurrió, por poner un ejemplo, con el primer motor que funcionaba eficientemente con agua en 1934, diseñado por Charles H. Garrett y patentado el 2 de julio de 1935 con el número 2.006.676.

Los Garrett fueron una familia de inventores. Entre sus hallazgos podemos destacar la primera radio de automóvil, la primera emisora policial y la primera señal de tráfico eléctrica, pero su invento estrella, el coche que funcionaba con agua, nunca alcanzó el éxito. En una demostración efectuada en Dallas, Charles

H. Garrett consiguió que su vehículo funcionase ininterrumpidamente durante 48 horas seguidas, según informó el *Dallas Morning News*[36].

En resumidas cuentas, han ofuscado y despreciado toda tecnología de impulsión mecánica que no necesitase uno de los elementos mencionados; evidentemente, la utilización del agua como combustible hubiese dinamitado uno de los negocios más pingües de la historia: el petróleo.

Desde los albores del siglo XX hasta nuestros días, son muchísimas las patentes existentes de motores con agua como combustible. Todas ellas han quedado en el más doloroso olvido y, como vemos, han creado un mar de mentiras para ocultar la tecnología que hubiese liberado al ser humano de su esclavitud económica.

La precarrera del espacio

Es fácil encontrar libros que hablan de la llamada «carrera del espacio» llenos de datos históricos en los que, de manera repetitiva, nos insisten, sobre todo, en el folclore romántico que llevó al hombre desde las viejas V-1 alemanas de la Segunda Guerra Mundial a los poderosos cohetes protón de última generación; todos y cada uno de ellos, desde el primero al último, se asientan sobre el llamado «motor de reacción». Este es una variante del primer diseño de cohete efectuado en la China del siglo XI. Han pasado 900 años y el funcionamiento básico, su aerodinámica, así como su combustible inflamable siguen siendo similares.

¿Son quizá los mismos poderes que han censurado cualquier motor alternativo al de combustión interna o externa los que impiden que surjan las alternativas a los cohetes a reacción? Francamente,

36. «Dallasite Patents Invention Which He Claims Substitutes Water for Gasoline as Fuel», artículo microfilmado de la Biblioteca de Dallas, publicado del 8 de septiembre de 1935.

sospecho que la respuesta es afirmativa. Cambian sus rostros, pero los herederos del poder siguen siendo los mismos.

Los primeros cohetes modernos, diseñados y producidos en serie, fueron las bombas volantes V-1 utilizadas por Alemania contra Inglaterra en 1944. Solo las guerras han podido sacar los intereses económicos del juego y situar los intereses territoriales sobre el avance técnico, aunque muy posiblemente las grandes guerras y los grandes intereses económicos tengan poderosos nexos comunes en los que el ser humano es considerado como simple herramienta para mejorar y centralizar el poder en tan pocas y selectas manos.

Los nazis y la NASA

Por ejemplo, el diseñador de los cohetes V-1 y V-2 fue Wernher von Braun, un ingeniero alemán al que el alto mando nazi encargó la construcción de un arma táctica capaz de transportar aéreamente y de manera autónoma una carga explosiva determinada. Von Braun nunca pasó por el Tribunal de Núremberg o cualquier tipo de organismo legal antinazi, pese a que se le consideraba un ferviente seguidor del ideario Nacional Socialista, hasta el punto de ser nombrado oficial de las Schutzstaffel o Escuadras de Defensa, más conocidas como SS. Es de suponer que la «experiencia» de Von Braun, utilizada en la NASA, excluía sus actividades durante la Segunda Guerra Mundial, en las que visitaba con frecuencia la fábrica de cohetes donde murió un aviador americano negro y otros 25 mil prisioneros procedentes del campo de concentración de Dora. Evidentemente, Von Braun fue «limpiado mediáticamente» de su pasado y para los ciudadanos se convirtió en un héroe, cuyas hazañas técnicas posibilitaron la llegada del hombre a la Luna.

El laureado director del proyecto del cohete Saturno V y el misil Pershing, una V-2 muy evolucionada, Arthur Rudolph, también se libró de ser juzgado como criminal de guerra por la OSI (Oficina de Investigaciones Especiales del Departamento de Justicia), gracias a un acuerdo con dicho departamento. En 1984 fue investigado por posibles crímenes de guerra y, a cambio de no ser procesado, accedió a salir de los Estados Unidos y renunciar a su ciudadanía estadounidense[37].

En su día, la NASA llevó a cabo una recepción en honor a 83 veteranos en el aniversario del nacimiento de Wernher von Braun. La celebración fue en el Marshall Space Flight Center en Huntsville, Alabama; dos de ellos eran Dieter Grau y Guenther Haukohl, que estaban bajo investigación activa del Departamento de Justicia por pertenecer a unidades nazis, como reveló Linda Hunt en su libro *Secret Agenda: The United States Government, Nazi Scientists and Project Paperclip, 1945 to 1990.*

¿Llegamos a la Luna? Quizá no...

Bill Kaysing era un bibliotecario y escritor de publicaciones técnicas, así como de investigaciones avanzadas en sistemas de cohetes entre 1956 y 1963. El señor Kaysing hizo una curiosa estimación en 1959. Dijo que existía un 0,0014 % de posibilidades de que el hombre llegase a la Luna y regresase sano y salvo a la Tierra. Para ello tuvo en cuenta los efectos de la radiación, las erupciones solares, los micrometeoritos y las técnicas de ingeniería humana. Por consiguiente, las posibilidades de que el hombre hubiese llegado a la Luna en aquel año eran, curiosamente, remotas[38].

Sin embargo, dos años después, el por entonces presidente de los Estados Unidos, John F. Kennedy, estableció una meta espacial, en el famoso discurso que ejecutó en mayo de 1961, diciendo las siguientes palabras: «Creo que esta nación tiene que comprometerse.

37. «OBITUARY: faith & reason: Arthur Rudolph», publicado por *The Independent* el 6 de enero de 1996.
38. http://serviette.ca/radio_show/nw050722.mp3 (audio del Sr. Bill Kaysing).

Para alcanzar la meta, antes de que termine esta década, tenemos que poner a un hombre en la Luna y hacerlo regresar sano y salvo a la Tierra. Ningún proyecto espacial durante este periodo será tan importante para la humanidad y para las exploraciones a larga distancia en el espacio». Tan solo ocho años más tarde, en 1969, el hombre puso finalmente un pie en la Luna y consiguió regresar a la Tierra... O quizá eso sea lo que nos han hecho creer.

El 15 de febrero del año 2001, la cadena norteamericana Fox sorprendió a todo el mundo con el programa *Teoría de la conspiración: ¿aterrizamos en la Luna?* Los invitados presentes en el plató argumentaron que la NASA en la década de los años sesenta no podía estar a la altura de efectuar un aterrizaje en la Luna, y que quizá todo el *show* que se nos mostró con la llegada del hombre a la Luna, por parte de las misiones Apollo, fuese una gran farsa. La pregunta es: ¿por qué la NASA y los Estados Unidos se molestaron en fingir un evento de este tipo? Lo cierto es que las presiones políticas existentes en los años sesenta fueron las suficientes como para mantener un engaño.

David Percy es un galardonado productor de televisión y de cine, así como un fotógrafo profesional y miembro de la Real Sociedad Fotográfica. Fue coautor, junto con Mary Bennett, del fascinante libro *Dark Moon: Apollo and the Whistle-Blowers.* En el libro se analizan una serie de documentos secretos y miles de fotografías de la misión Apollo 11 que son analizados al detalle durante cinco años de arduo trabajo, y en ellos llegan a la conclusión de que el Apollo 11 nunca llegó a la Luna y de que todo fue rodado en un plató. Percy cree firmemente que la filmación del Apollo 11 fue falsificada. Asimismo, considera que aparecen muchas anomalías en torno al módulo Eagle. En algunas de las fotografías se aprecian detalles que no se pueden ver en las filmaciones.

Hasselblad fue la compañía fabricante de las cámaras con las que se hicieron todas las fotografías de las misiones Apollo entre 1966 y 1975. Hay una serie de factores que son difíciles de comprender, como, por ejemplo, la temperatura que hubo de soportar la película mientras se encontraba en la superficie de la Luna, variando esta temperatura de –118 °C a la sombra a unos increíbles 93 °C al sol. ¿Cómo pudo soportar la emulsión del carrete de fotos estas diferencias de temperatura? ¿Cómo puede pasar esa cámara de la sombra al sol y la película mantener intactas sus propiedades? Y si Kodak consiguió producir una emulsión semejante, ¿por qué Kodak nunca vendió al mercado público ese tipo de producto?

En gran parte de las imágenes fotografiadas aparecen una serie de crucetas o retículas para ayudar a calcular las distancias en la superficie lunar; por lo tanto, esas retículas deberían estar siempre delante de los objetos. ¿Por qué en numerosas fotografías aparece esa retícula detrás de esos objetos? Eso es, sencillamente, imposible, a no ser que la película hubiese sido manipulada. ¿Por qué aparecen rocas con letras situadas en zonas del suelo, en el que se muestran las mismas letras como si formasen parte de un *atrezzo*?

¿Por qué las sombras aparecen en direcciones totalmente distintas incluso cuando los objetos están a unos pocos metros de distancia, algo que solo puede suceder dentro de un plató de cine? ¿Por qué las sombras de algunos astronautas son mucho más largas que las de sus colegas que se encuentran solamente a unos pocos metros? Eso es imposible con luz natural procedente del sol, como intentan hacernos creer, y solamente es posible con luz artificial.

Otra pregunta con difícil respuesta es ¿cómo es posible que, encontrándose los astronautas a contraluz, se les pueda ver con total detalle si el contraste en la Luna es tan fuerte que se les debería haber visto totalmente oscuros, ya que la reflectividad en la Luna es solamente del 7 % cuando te encuentras en las sombras? ¿Por qué algunas de las sombras analizadas en las fotografías se mantienen a distintos ángulos? Fotografías en las que los objetos están paralelos, sus sombras forman un ángulo que parece indicar que la fuente de luz es artificial y no natural. Ese cambio angular nunca lo podría producir el Sol.

La reflexión en la superficie lunar es tan baja que la luz ni siquiera se refleja en las rocas que se encuentran en el suelo y, sin embargo, aparecen muchas fotografías en las que a los astronautas se los puede ver perfectamente dentro de esas sombras. ¿Por qué en algunas fotografías el horizonte aparece a unos 89° de la vertical de los astronautas, mostrando unas sombras proyectadas que indicarían que esas fotografías fueron efectuadas por alguien que tenía 60 centímetros más de altura que cualquiera de los dos astronautas que alunizaron en el Eagle?

Debemos recordar a los lectores que las cámaras que se utilizaron en la Luna no tenían visor. Los astronautas no podían ver cuál iba a ser la fotografía final y tenían que utilizar su cuerpo para intentar calcular el punto de dirección aproximado del objetivo. Asimismo, los astronautas tuvieron que cambiar los objetivos en la superficie lunar con sus gruesos guantes, una hazaña difícil de creer, teniendo en cuenta que esos guantes presurizados impiden manejar con precisión cualquier cámara fotográfica y, por supuesto, intercambiar objetivos de manera correcta. Y, sin embargo, en algunas filmaciones o películas sí que parecen estar utilizando una serie de guantes que no están presurizados.

Australia ve algo que demuestra que el Apollo 11 fue una falsificación

En Australia occidental se retransmitió en directo el alunizaje del Apollo 11. Fueron muchas las personas que pudieron ver un acontecimiento inusual. Una espectadora, llamada Una Ronald, vio en la transmisión de televisión algo que la dejó, literalmente, asombrada. Los residentes de Honneysuckle Creek (Australia) vieron una emisión diferente al resto del mundo. Aunque las retransmisiones de voz fueron efectuadas desde Goldstone (Estados Unidos), la película auténtica fue transmitida desde Australia. La espectadora Una Ronald pudo ver, mientras Armstrong caminaba sobre la superficie de la Luna, una botella de Coca-Cola que apareció en la parte derecha de la imagen. Esto sucedió a primera hora de la mañana. Ella llamó a todos sus amigos para confirmar si habían visto lo mismo. Lamentablemente, debido a la hora en la que se produjo, el porcentaje de espectadores era bajísimo. Cuando mostraron nuevamente las mismas imágenes al día siguiente, el material parece ser que fue editado y la infractora botella de Coca-Cola fue eliminada de la película. Sin embargo, varios espectadores tuvieron la oportunidad de ver la botella, e incluso aparecieron artículos en el periódico *Australian West.*

Australia occidental recibió la cobertura del aterrizaje del Apollo 11 de una manera muy diferente al resto del mundo. Fue el único país donde no se efectuó un retraso en la transmisión, emitiéndose en directo.

Bill Kaysing dijo: «La NASA y otras agencias conectadas no podían acceder a la Luna y volver con su señal, así que fuimos a ARPA (Advance Research Project Agency) en Massachusetts y les preguntamos cómo pudieron simular el aterrizaje y las caminatas espaciales. Todas las películas de la NASA fueron filmadas fuera de las pantallas de televisión del control de emisión de Houston... Nadie en los medios de comunicación recibió el material sin haber sido previamente editado»[39].

Bill Wood era un científico altamente cualificado con títulos en matemáticas, física, química, cohetería espacial e ingeniería de propulsión. Se le concedió la máxima autorización de seguridad para una serie de proyectos secretos. Trabajó con McDonnell Douglas y los ingenieros que desarrollaron el cohete Saturno V, el vehículo de lanzamiento del Apollo. Wood trabajó en Goldstone (California) como ingeniero de comunicaciones durante las misiones Apollo.

39. Véase el artículo sobre Bill Kaysing en la Wikipedia en inglés; su libro, *We Never Went to the Moon: America's Thirty Billion Dollar Swindle!* (1997), y el artículo de Andy Lloyd, «Evidence Of NASA Airbrushing Out Moon Anomalies», de octubre de 2008, http://www.ufos-aliens.co.uk/cosmicapollo.html.

Fue uno de los encargados de recibir y distribuir las imágenes enviadas desde el Apollo a Houston. Wood dijo que las principales máquinas de vídeo utilizadas para grabar las imágenes de la NASA en la Tierra por parte de las cadenas de televisión recibían una señal portadora en la frecuencia FM desde la Tierra. Corrían a través de un demodulador de FM y eran procesadas en un convertidor RCA de barrido, que mostraba la señal de exploración lentamente y lo convertía en señal de televisión en blanco y negro para los estándares de televisión estadounidense. Posteriormente, la película fue enviada a Houston. Cuando se convirtió de barrido lento a barrido rápido, según el estándar de RCA, los escaneos de las grabadoras reprodujeron el vídeo hasta actualizarlo. En otras palabras, la señal de vídeo que se grabó en un formato fue convertido a otro, pasando a una película que corría a 30 fotogramas por segundo, mientras que en la original el vídeo corría a 60 fotogramas por segundo. Dicho en otras palabras, las imágenes que la mayoría de las personas pudieron contemplar y que pensaban que las estaban viendo en directo no lo eran, ya que en realidad la velocidad de reproducción era un 50 % más lenta que el metraje original[40].

¿Por qué no hay polvo?

El módulo lunar utiliza dos motores apilados uno encima de otro para poder descender. Los motores de descenso utilizan propulsores hiperbólicos. Eso quiere decir que tienen dos combustibles diferentes que se encienden al mismo tiempo. El chorro de escape que sale del LEM (Lunar Excursion Module), en el descenso o en el ascenso, debería haber creado una enorme nube de gas rojizo. Nos preguntamos por qué el LEM no produjo la enorme humareda que debería haber producido. Además, ¿por qué no aparece

40. «Apollo 11 missing tapes», *Wikipedia* (en inglés), https://en.wikipedia.org/wiki/Apollo_11_missing_tapes.

ningún cráter bajo los módulos de alunizaje? ¿Por qué las patas del módulo aparecen perfectamente limpias y sin ninguna mota de polvo? Recordemos que el propulsor generaba una temperatura de 2760 °C y un empuje de 4500 kilos que deberían haber producido alguna roca volcánica similar a las aparecidas en el monte Etna, que se vulcanizaron solo con 1000 °C y, sin embargo, ninguna de las rocas que hay debajo del módulo LEM aparece con aspecto volcánico. Algunos escépticos afirmaban que la fuerza de los motores las habrían dispersado hacia los lados, pero si esto es lo que realmente ocurrió, ¿por qué no levantó polvo o restos esparcidos alrededor del LEM? Pensemos que el polvo lunar era muy fino. La prueba está en que Armstrong dejó la famosa primera huella de manera clara y nítida.

Si la superficie lunar hubiese sido dura, esa huella jamás se habría producido, teniendo en cuenta además que el peso del astronauta en la Luna es notablemente inferior, y más concretamente del 17 % menos que en la Tierra. Si Armstrong, con todo su equipo, pesaba en la Tierra 100 kilos, en la Luna solo pesaba 17 kilos.

El misterio del Apollo 13

El 11 de abril de 1970 se lanzó el Apollo 13. A las 13:13 horas, el cohete emprendió el viaje hasta la Luna. Dos días después de su vuelo hacia nuestro satélite, concretamente el día 13 de ese mismo mes, sufrió el impacto de un meteorito que dañó los tanques 1 y 3, que solo pudieron operar durante tres minutos en la línea del tanque número 1. La pérdida de oxígeno duró 130 minutos. Supongo que a estas alturas usted estará pensando por qué hay tantos unos y treses en el incidente y, más concretamente, por qué el número 13 aparece de manera constante.

En ocasiones, el destino parece jugar caprichosamente, pero yo nunca he creído que el destino esté sujeto a la casualidad o al azar, algo que sabía perfectamente Franklin Delano Roosevelt cuando dijo la famosa frase: «En la política nada sucede por accidente. Si sucede, usted puede apostar que así se planeó». Nosotros podemos aplicar esta máxima a la exploración espacial, y en concreto a algunos accidentes, como el sufrido por la sonda marciana Fobos-Grunt, lanzada el 8 de noviembre de 2011 desde Baikonur, que perdió irremisiblemente las comunicaciones al alcanzar la órbita terrestre, justo cuando se situaba en la vertical de Alaska. Mientras tanto, el ex teniente general ruso Nikolay Rodionov, quien solía mandar sistemas de misiles balísticos al espacio, afirmó que la potente radiación electromagnética situada sobre la zona afectó al control de la sonda interplanetaria. Claramente, Rodionov se refería al HAARP (High Frequency Active Auroral Research Program, o Programa Activo de Alta Frecuencia para la Investigación de Auroras), una instalación que se sabe es utilizada como arma, además de para el control climático. Con lo cual, ciertas cosas que nos parecen casuales, quizá obedezcan a planes perfectamente orquestados.

¿Por qué la fijación con el número 13? Desde tiempos ancestrales, el número 13 ha sido vinculado a los desastres, los cambios y las crisis. Tanto es así que incluso las legendarias cartas del Tarot, cuyo origen todavía se desconoce, muestran al número 13 representado por la Muerte. Incluso la costumbre anglosajona popular de temer el viernes 13 nace o se remonta al 13 de octubre de 1307, día en el que la Orden de los Caballeros Templarios fue perseguida por la Santa Inquisición, arrestando masivamente durante aquella aciaga noche a los principales caballeros de la Orden. Algo que nos recuerda incluso el relato de la Última Cena, en la que aparecen 13 comensales y su líder, que esa misma noche es capturado para ser ejecutado al día siguiente.

Es como si alguien dentro de la NASA hubiese decidido con la misión Apollo 13 un macabro ritual, utilizando este número como elemento simbólico del desastre. Recordemos que la extinta Orden de los Caballeros Templarios es reconvertida en la actual Masonería, de la que muchos miembros de la NASA fueron y son miembros activos, como, por ejemplo, el propio Neil Armstrong, a quien en algunas fotografías se le pudo ver portando el anillo masón. Se dice que a las puertas de la Gran Logia de Washington hay dos estatuas, las de Neil Armstrong y Edwin Aldrin, recordando a los «hermanos masones» que llegaron a la Luna y protagonizaron la primera caminata espacial.

Efectos especiales de ingravidez

Muchos de ustedes recordarán cómo en las filmaciones de las misiones Apollo aparecen los astronautas caminando a pequeños saltos y moviéndose a cámara lenta. He tenido la oportunidad de ver algunas filmaciones en las que se apreciaba cómo estos astronautas filmados parecían estar siendo sujetos por una especie de material elástico que producía el efecto de baja gravedad, como si estuviesen colgados de algún tipo de grúa. Asimismo, en algunas escenas he podido observar cómo esos astronautas perdían la verticalidad sin llegar a caer.

Otro dato curioso es observar cómo en esas filmaciones los astronautas parecen moverse a cámara lenta, incluso sus brazos parecen hacerlo. Es como si hubiesen utilizado efectos especiales para recrear, dentro de un estudio, una baja gravedad y conseguir de ese modo que las escenas fueran mucho más realistas.

Si usted tiene la oportunidad de aumentar la velocidad de la reproducción de esas filmaciones, verá cómo le resulta el movimiento mucho más natural y es más fácil percibir que existe un presunto fraude.

Los temibles cinturones de Van Allen

James Van Allen fue un físico estadounidense, director del Instituto de Física de la Universidad de Iowa. Su especialidad era la física nuclear y los rayos cósmicos sobre la atmósfera. Descubrió en

1958 que alrededor de la Tierra existían dos temibles cinturones de radiación electromagnética capaces de, literalmente, freír a cualquier ser vivo que intentase atravesarlos.

Estos cinturones son producidos por las radiaciones generadas por el viento solar y los rayos cósmicos al incidir sobre la Tierra, que se mueve a 107 mil kilómetros por hora. Esta radiación es tan poderosa que es capaz de atravesar corazas de plomo de hasta un metro de espesor. Su potencia libera una energía media en el cinturón exterior cercana a los diez megaelectronvoltios y en su cinturón interior de 100 megaelectronvoltios, pudiendo llegar en el ecuador del cinturón interior hasta la impresionante cifra de 400 megaelectronvoltios.

Les pondré un ejemplo con el que entenderán perfectamente cuán peligrosa es esta radiación. Doscientos MeV (megaelectronvoltios) son el equivalente a la energía media liberada en la fisión nuclear del uranio 235, muy similar a la energía media liberada por la fisión del plutonio 239. Tan grande es esta energía que algunos trabajadores de los centros de investigación nuclear que se vieron expuestos durante breves segundos a estas radiaciones llegaron a morir. Como el accidente producido el 15 de octubre de 1958 en el Laboratorio Nacional de Los Álamos, Nuevo México, cuando un reactor nuclear liberó una radiación similar. Una persona murió y otras cinco resultaron heridas. Casi de manera instantánea, se les desarrolló un cáncer de médula ósea. También en Los Álamos, el 30 de diciembre de 1958, el técnico Cecil Kelley sufrió quemaduras importantes al aproximarse a un vórtice de plutonio durante 200 microsegundos.

Y ahora nosotros nos hacemos la siguiente pregunta: ¿cómo pudieron atravesar las misiones Apollo con sus astronautas estos terribles cinturones y exponerse a ellos una hora y 20 minutos dentro del cinturón interior y 12 horas 30 minutos en su cinturón exterior? Y eso solo en el viaje de ida... Teniendo en cuenta que se expusieron también a la vuelta, la radiación los afectó el doble de tiempo. A todo eso hay que sumarle la fina capa de aluminio con la que estaba construido el módulo lunar que, en sus partes más gruesas, solo tenía cinco milímetros de grosor, algo que ni remotamente frenaba el acceso de la temible radiación a los cuerpos de los astronautas.

Ninguna de las misiones espaciales posteriores a las misiones Apollo han llevado a ningún ser humano a atravesar nuevamente estos peligrosos cinturones. En una ocasión, el transbordador espacial se situó a 300 kilómetros del comienzo del cinturón interior y los astronautas sufrieron alucinaciones visuales, debido a que su globo ocular, pese a estar tan lejos del comienzo de dichas bandas, ya empezaba a verse afectado.

Y ahora, la gran pregunta que yo les hago a ustedes: ¿cómo pudieron las misiones Apollo, con tanta alegría, atravesar dichas bandas sin que su tripulación sufriese el más mínimo daño?

El misterio de las colinas lunares

Una de las principales anomalías que me indujeron a pensar que las misiones Apollo habían sido filmadas en un estudio es que las distintas misiones aparecen con el mismo fondo montañoso, algo imposible teniendo en cuenta que todas habían aterrizado a cientos de kilómetros unas de otras. Hay un documental titulado *Apollo, un gran salto para la humanidad,* en el que se habla de las distintas misiones. Presuntamente, a varios kilómetros de distancia, aparecen los mismos escenarios con las mismas piedras situadas a la misma distancia, pero con distintos astronautas de diferentes misiones en sus imágenes.

Más anomalías

Les vamos a contar algunos efectos más que nos parecen muy sospechosos. Por ejemplo, ¿cómo es posible que en ninguna de las tomas aparezcan las estrellas, teniendo en cuenta la poca o nula atmósfera lunar que permitiría mostrar los astros con un gran contraste? Es como si alguien las hubiese omitido para evitar incómodas pruebas que entrarían en conflicto con la ubicación de la propia misión y el movimiento de las estrellas a través del tiempo.

¿Cómo es posible que existan grabaciones recogidas a bordo del róver lunar mientras este se movía, teniendo en cuenta que la antena parabólica dispuesta en el vehículo, y que debería apuntar perfectamente hacia la Tierra para poder recibir la imagen correctamente desde Houston, se movía constantemente y de manera alocada?

Hay muchas cuestiones adicionales, tales como algunas imágenes en las que aparecen gotas de agua de condensación en rocas, o la dificultad de colocar correctamente la bandera norteamericana por parte de los astronautas, ya que da la sensación de que había viento y no conseguían colocarla correctamente, algo imposible en la superficie lunar; por otra parte, las huellas producidas por el vehículo no son continuas. En algunas tomas incluso se puede observar cómo el róver lunar que transportaba a los astronautas no deja huellas en su camino o, misteriosamente, estas huellas se cortan en zonas arenosas, como si hubiesen posado el róver con algún tipo de grúa desde lo alto. Para producir huellas en la superficie lunar hace falta que el polvo de la misma tenga una relativa cantidad de humedad, algo que usted puede ver cuando pisa con el pie en la playa: cerca del agua su huella es más nítida. Pruebe a pisar sobre la arena totalmente seca, comprobará que la nitidez de la huella es inexistente, apenas un agujero. Entonces, si la superficie lunar no tiene humedad, ¿cómo es posible que los astronautas dejaran huellas tan nítidas?

Son muchas, y cada día más, las dudas que aparecen sobre la autenticidad de las misiones Apollo. Yo pienso, desde mi personal punto de vista, que el hombre nunca llegó a la Luna con las misiones Apollo, quizá sí lo hiciera en otras misiones que no conocemos y con una tecnología de la que, presuntamente, no disponemos. Pero esto daría para otro libro entero.

Como curiosidad, diremos que de las últimas superproducciones de Hollywood, concretamente en la película *Interstellar,* se habla abiertamente de que las misiones Apollo fueron un montaje cinematográfico necesario en esos momentos álgidos de la Guerra Fría para arruinar económicamente a la Unión Soviética, que gastó millones de rublos tratando de alcanzar a los norteamericanos en la carrera espacial. Un guiño que nos hace Hollywood.

CAPÍTULO 5

EL MISTERIO DE MARTE

Marte siempre ha sido un reto y un misterio para el hombre. Las antiguas culturas lo consideraban el dios de la guerra. Su brillante color rojizo iluminó en la imaginación de las personas la idea de que se trataba de un dios bélico.

No fue hasta después del Medievo cuando se descubrió la naturaleza planetaria de Marte, y hasta el siglo XVII no se realizaron los primeros estudios y observaciones de las áreas oscuras de la superficie, casquetes polares, rotación, etc. A finales del siglo XIX, el aristócrata Percival Lowell, gracias a un telescopio más avanzado, pudo ver con claridad una serie de canales que confirmaban las primeras observaciones y dibujos que Giovanni Schiaparelli había hecho de la superficie del planeta en 1877. Las declaraciones de Lowell fueron sorprendentes y encendieron la imaginación de muchos escritores de ciencia ficción que especulaban sobre la posible vida inteligente en Marte.

En 1960 los soviéticos lanzaron la primera misión al planeta rojo, la sonda Marsnik 1960A, pero fallaron estrepitosamente en el lanzamiento. A lo largo de los siguientes 11 años, la Unión Soviética intentó alcanzar el planeta rojo en 11 ocasiones, sin lograr su objetivo. Curiosamente, los norteamericanos, con mucha menos experiencia y con solo tres intentos, consiguieron su objetivo en 1969 con el Mariner VI. La llamada «carrera del espacio» se ponía claramente del lado norteamericano, dejando tras de sí hasta el año 2000 una estela de fracasos: de 35 intentos de llegar a Marte, solamente diez tuvieron éxito.

Después de la llegada del hombre a la Luna, el éxito más sorprendente se produjo el 20 de julio de 1976, cuando la nave Viking I consigue colocar un satélite en órbita y hacer *amartizar* un aterrizador o módulo de descenso robotizado para efectuar análisis de la superficie y atmósfera marciana. Las primeras fotografías entregadas por la Viking I son todavía históricas y, misteriosamente, tienen la misma calidad que las presentadas por la moderna Curiosity, un laboratorio rodante con la más alta tecnología actual, lanzada 35 años después.

Lo cierto es que esos miles de imágenes presentadas por las misiones Viking I, Viking II, Pathfinder, Spirit, Opportunity y Curiosity, hechas por robots que han alcanzado con éxito la superficie de Marte, nos muestran un planeta rojizo con unos cielos ocres y un entorno en el que solamente dominan los tonos pardos. En ninguna fotografía encontramos tomas azules o verdes. Eso es lo que la NASA nos muestra. No obstante, algo extraño estaba ocurriendo, ya que en las fotografías, los colores de la bandera norteamericana, en su zona blanca y su zona azul, parecían haber sido teñidos de rojo, como si alguien deliberadamente hubiese colocado un filtro de ese color.

El verdadero color de Marte

Siempre nos han mostrado Marte como si fuese un planeta totalmente oxidado. Fue King Bubarrato quien, en el año 2000, se percató de un curioso hecho al analizar con detenimiento las fotografías de los módulos Viking I y Viking II. En algunas de las fotos aparecía una carta de color situada en el propio módulo, utilizada para corregir la gama cromática de color y la intensidad de brillo, semejante a la famosa carta de ajuste que aparecía en los televisores, con la que podíamos optimizar los colores, manipulando los diales de tono, brillo y color. King observó que las cartas de color estaban desajustadas, así como los colores de la bandera de los Estados Unidos que la nave tenía pintada en uno de sus paneles.

Era fácil ver que los colores blancos tenían una acusada tendencia hacia el amarillo, como si las fotografías hubiesen pasado por algún tipo de filtro de color. Después de cargar las imágenes en un programa de tratamiento de color, corrigió el blanco de las barras de la bandera de los Estados Unidos hasta que estas quedaron totalmente blancas. Para hacer esto tuvo que añadir, aproximadamente, un 50 % de tonos azules al conjunto de la foto, así como un 25 % de verdes. Para su sorpresa, en aquella foto, el cielo marciano no era rojizo, ¡su tonalidad era de un azul semejante al cielo terrestre! Asimismo, ¡la superficie dejaba de ser rojiza para convertirse en marrón!

También son muy curiosas las declaraciones de un ciudadano norteamericano, llamado Ian Fleming, quien se percató de un importante detalle tras escuchar una grabación en la que se entrevistaba a diferentes miembros de la familia Levin, algunos de los cuales habían dedicado toda su vida a la ciencia: «Recientemente, he tenido la oportunidad de escuchar una entrevista en formato realaudio del *Show de Laura Lee.* El archivo me fue entregado el pasado mes de julio. Los invitados eran el doctor Gil Levin y su hijo Ron Levin, quien en la actualidad es físico del MIT (Massachusetts Institute of Technology) en Boston (Estados Unidos). Toda la conversación transcurrió hablando de cuestiones familiares, pero en un momento de la entrevista, Ron describió algo que jamás había oído. Comentó que cuando contaba con 20 años y era un joven estudiante que se encontraba en el JPL (Jet Propulsión Laboratory), cuando llegaron desde Marte las primeras fotografías de la Viking I, tuvo ocasión de ver en aquellas imágenes originales un cielo azul y rocas con manchas verdosas. También añadió que los técnicos de imagen del JPL ajustaron rápidamente aquellas tomas para que el cielo y las piedras adquiriesen el tono rojizo con el que estamos familiarizados. Levin continuaba diciendo que no encontró ninguna explicación científica de por qué se estaban efectuando semejantes ajustes de color.

El cambio se efectuó porque los científicos deseaban oscurecer aquellas manchas verdosas en las piedras, que podían demostrar que en Marte sí existía alguna forma primitiva de vida vegetal en la superficie del planeta. Esta historia parecería otra de esas leyendas anónimas si no fuera porque sus protagonistas fueron Ron Levin, un importante físico del MIT, y su padre, coautor de los recientes e importantes experimentos de agua líquida en Marte, en los que jugó un papel relevante. No se trata de fuentes anónimas, responsables de la mayoría de las historias descabelladas que circulan, por lo que me tomé muy en serio el tema de las manipulaciones fotográficas que están saliendo a la luz pública.

Las primeras imágenes que aparecieron en los medios del amartizaje de la sonda Viking I mostraban un cielo azul que más tarde se convirtió artificialmente en rojo. Según las versiones autorizadas de los hechos, se efectuaron las modificaciones de color porque los colores se estaban recibiendo incorrectamente dirigidos hacia el espectro cromático del azul, debido a un problema óptico; de modo que se corrigieron hacia el rojo, pues este debía ser su color original. La explicación no me parece muy verosímil. De ser así, pienso que, antes de mandar las dos sondas, se habrían dado cuenta de la existencia de cualquier problema de sobreexposición azul en los filtros de las lentes del equipo.

Ron Levin también hizo un curioso comentario que me sorprendió. Afirmó que el telescopio orbital Hubble había tomado imágenes de Marte que mostraban un cielo azul, dato que posteriormente pude verificar en el sitio oficial del Hubble HST[41]. En

41. Se podía ver en el «Hubble Space Telescope Public Pictures» de la página web de la NASA, pero actualmente no está disponible: https://oposite.stsci.edu/pubinfo/subject.html.

aquellas imágenes se apreciaba de forma nítida una especie de halo azulado que rodeaba el planeta. Aparentemente, los científicos del Hubble realizaron varios informes, que se difundieron en algunos medios de comunicación, en los que aseguraban que el robot Pathfinder, al *amartizar*, debería poder ver un cielo azul.

Pero eso no es todo. Existen zonas en Marte que han sido fotografiadas por distintas misiones y la variación de los colores es notable. Un claro ejemplo es el cráter Gusev, zona donde, supuestamente, aterrizó el robot Spirit. Las fotos satélite que la NASA envió del cráter muestran un sitio marrón con severos tonos grises. Por el contrario, gracias a la ESA y a la Mars Express, podemos observar que los colores que aparecen en la zona del cráter Gusev son naranjas y verdes. ¿Cómo explicamos esta notable diferencia? ¿Acaso los colores de un jardín se transforman de verde brillante en marrón árido dependiendo del modelo de cámara que utilicemos al tomar la foto? Evidentemente, podrán existir diferencias en el tono y en el contraste, pero el verde seguirá siendo verde y el naranja, naranja. Sin embargo, debemos recordar que la auténtica diferencia entre las misiones de la NASA y la ESA radica en sus países de procedencia. Pero no pensemos por esto que la ESA se ha comprometido en una campaña de transparencia en lo que se refiere a la cuestión marciana. La ESA únicamente ha entregado algo más de 260 fotografías del suelo marciano y algunas de ellas son desarrollos de otras. Por el contrario, los norteamericanos han publicado más de 170 mil fotografías correspondientes a su misión Mars Odyssey. No sabemos cuál es el motivo de que la agencia europea publique tan exiguo número de fotos..., ¿tacañería o encubrimiento?

Continuemos hablando de otras pruebas más evidentes sobre la falsificación de los colores marcianos. El robot Spirit, lanzado por los norteamericanos a mediados de 2003, antes de surcar las enormes distancias que separan la Tierra de Marte fue fotografiado en la Tierra por los medios de comunicación. En esas fotos se aprecia al flamante robot Spirit con sus paneles y sistemas, así como con una serie de bandas de colores situadas en torno a un pequeño mástil que indica la orientación solar. Aquellas bandas tenían en sus ángulos los colores azul, rojo, verde y amarillo. Cuando comparamos la misma pieza del Spirit sobre diversas fotografías que el propio robot ha efectuado de Marte, dos de los colores han cambiado notablemente. La parte que tenía en la Tierra un vivo color azul aparece de un intenso rojo y la que tenía color verde se muestra de un amarillo pardo. Esto demuestra claramente que la NASA está invirtiendo la gama cromática del espectro azul al rojo en su misión Spirit. Las causas de esta inversión no son otras que eliminar el 90 % de los tonos verdes y azules; pero ¿qué pretenden aplicando filtros a sus instantáneas marcianas? Ni más ni menos que eliminar los cielos azules y el verdor que aparece en buena parte del suelo y de las rocas marcianas. De este modo, podrán mantener la tan esperada noticia de vida en Marte en *stand-by,* a la espera de un momento propicio.

La ocultación de información es grave, pero la desinformación es doblemente grave, ya que con ello están privando de una profunda verdad a toda la humanidad. Esa verdad no es ni más ni menos que el universo es un vergel de vida, y que esta se abre paso en los lugares más insólitos e inhóspitos del cosmos; pero sigamos aportando más pruebas, pues parece que estas no cesan de demostrarlo.

En una importante rueda de prensa ofrecida en el JPL por los responsables del Spirit, estos proporcionaron una serie de fotogramas proyectándolos en una pantalla. En dichas fotografías aparecía un nítido cielo azul marciano, que rivalizaría en belleza con el cielo de un día despejado en la Tierra, así como un suelo marrón claro, que en nada recuerda al rojizo suelo marciano que nos muestra habitualmente el robot Spirit.

Los hechos no concluyen aquí. Hay más pruebas y cada día que pasa aparecen nuevos datos que apoyan la audaz y verdadera imagen que se oculta tras las tergiversadas fotografías marcianas. Por consiguiente, tenemos que derribar el mito de un Marte rojo y árido, al igual que hicimos con el de la «piel verde de los marcianos». En no pocas ocasiones la verdad está a 180° del punto al que dirigen nuestra atención.

El 4 de agosto de 2004, el róver Spirit efectuaba un lento avance hacia la cima del cráter Gusev. Poco antes de coronar la cima, la NASA indicó al vehículo que efectuase una serie de secuencias fotográficas orientadas hacia una formación rocosa próxima. El misterio de aquellas imágenes no estaba en el área que mostraban... Lo patético de aquella toma era el descarado fraude al manipular los colores originales hacia el espectro del rojo, que daban al paisaje una absurda tonalidad rojiza más propia de una película de serie B que de un espectáculo natural.

Cualquier lector de este libro puede hacer la prueba. Si acude al sitio de la NASA donde se almacenan las presuntas fotos originales y efectúa una corrección de color y un ajuste de los niveles de saturación con cualquier *software* de edición de imagen, será capaz de obtener la correcta representación que fotografió la sonda antes de ser manipulada. La falsificación de los colores se aprecia de manera evidente al observar la «rueda de colores» original del róver, así como la rojiza bandera norteamericana que se muestra en alguna de sus tomas.

Pero ¿qué razones impulsan a la NASA para falsificar el color? Bien, la respuesta es compleja, no obstante, podemos inclinarnos a pensar que, si la NASA nos mostrase cielos azules, rocas verdosas (con musgo) y charcos de agua, no podría ocultar por más tiempo la profunda realidad de que Marte es un vergel en determinadas áreas, que el oxígeno y el nitrógeno abundan, que la temperatura ambiental no es extrema y, por ende, que la vida tiene un fuerte arraigo en ese planeta y que su hábitat natural se asemeja notablemente a la taiga siberiana, con temperaturas más suaves, similares a la Tierra.

Cientos de investigadores *amateur* que analizan cuidadosamente las imágenes que la NASA publica en su sitio web han llegado a conclusiones asombrosas al descubrir muchas anomalías. La

NASA, y en especial la Malin Space Science Systems (MSSS), está censurando, presuntamente, todo el material fotográfico procedente de las diversas misiones a Marte, donde las pruebas más obvias son refutadas con excusas y análisis peregrinos. Según Richard Hoagland (entre otros científicos de alto nivel), el señor Michael Malin, responsable de este instituto privado, está distorsionando[42] digitalmente y borrando, literalmente, todas las posibles anomalías que presenta la superficie marciana. Malin es el encargado del análisis científico que las diversas sondas enviadas a Marte por Estados Unidos transmiten a la Tierra. Hemos tenido ocasión de ver cómo manipulaba análisis tomográficos limpiando las anomalías presentadas en el subsuelo marciano, gracias a una sofisticada máquina capaz de traspasar el suelo de Marte con un complejo sistema denominado Themis[43]. El borrado digital de lo que, sin lugar a dudas, parece ser una enorme ciudad sumergida bajo las arenas marcianas. Personalmente, tuve la posibilidad de ver aquellas fotografías tomográficas y lo que allí aparece es ¡sencillamente alucinante! Una gigantesca ciudad con calles, edificios, plazas y rascacielos... Todo con una extraña apariencia, pero con un indiscutible aspecto de ciudad, donde ángulos rectos y todo tipo de formas regulares eran apreciables a simple vista.

Hagámonos eco a continuación del trabajo del anónimo propietario de la web *www.marsanomalies.com,* quien ha recopilado una excelente cantidad de informes y análisis en los que estudia pormenorizadamente diversas instantáneas que la censura de la MSSS ha pasado por alto, quizá por descuido..., o quizá no. Realicemos un rápido recorrido por esas curiosas anomalías:

---

42. Véase la web del señor Richard Hoagland: http://www.enterprisemission.com/skull.htm.

43. Véase la web del señor Richard Hoagland: http://www.enterprisemission.com/ir_analysis.html.

1. Ríos y lagos

Tanto los orbitadores norteamericanos como la Mars Express europea han mostrado con sus cámaras de alta resolución cómo en ciertas zonas se aprecian claramente grandes depósitos de agua líquida que incluso parecen fluir como ríos por la superficie marciana. Tanto es así que, si se analizan detenidamente algunas imágenes, se puede apreciar oleaje en las orillas y el movimiento fluido del agua con sus ondulaciones naturales. Sin embargo, la NASA se empeña en decirnos que esas masas de agua azul son, en realidad, tierra y que los nítidos canales fluviales son dunas de arena.

2. Géiseres marcianos

He podido ver una serie de fotografías en las que se aprecian enormes chorros de agua líquida que fluyen de la superficie del planeta; se trata, claramente, de géiseres marcianos. Mientras tanto, la NASA y la ESA afirman constantemente que sí hay agua en Marte, pero solamente en estado sólido, algo que entra en claro conflicto con esos géiseres observados.

3. Bosques marcianos

Hay una serie de imágenes tomadas por la Mars Odyssey en las que se pueden ver lo que parecen ser enormes zonas boscosas muy densas, que incluso bordean nítidamente grandes masas de agua que parecen ser lagos o grandes lagunas. Curiosamente, esas fotografías nunca nos las han mostrado en color y solo nos han llegado imágenes en blanco y negro, quizá para evitar que se descubra la incómoda verdad.

4. Tubos marcianos

Hay una interesante serie de fotografías donde se aprecian los llamados «tubos marcianos», una especie de formas tubulares simétricas que surgen de la superficie marciana para después desaparecer de nuevo bajo ella. Elementos que parecen artificiales o prefabricados en los que incluso se puede percibir una cierta transparencia en algunos de ellos.

5. Extrañas formaciones metálicas

Asimismo, existen una buena cantidad de fotografías donde se pueden ver curiosas formaciones, dispuestas con orden militar y con aspecto brillante, que obedecerían a una superficie perfectamente pulimentada y probablemente metálica. Estas fotografías fueron tomadas en zonas muy próximas al polo norte marciano.

6. Objetos artificiales

En la superficie de Marte hay una serie de formaciones que, debido a su simetría, angularidad y aparente geometría, parecen ser lo que, a juicio de un observador no muy experto, podría denominarse como «objetos artificiales producidos por una manipulación inteligente». Series de formaciones que la naturaleza por sí misma sería incapaz de generar.

7. Accesos gigantes

En algunas de las imágenes mostradas por los diversos orbitadores marcianos, tales como la Mars Reconnaissance Orbiter o la Mars Odyssey, se pueden apreciar enormes oquedades que parecen accesos a zonas interiores del planeta.

8. Vehículos marcianos

He tenido la oportunidad de observar en unas coordenadas del planeta Marte lo que parece ser un enorme vehículo de transporte que sigue una ruta perfectamente delimitada sobre la superficie. En dicha ruta, se atraviesan lomas, colinas y cráteres, adaptándose a la forma del terreno hasta llegar a un lugar donde una serie de cráteres rodean una zona que parece agua.

9. Ubicaciones inteligentes

Fue Richard Hoagland, exingeniero de la NASA, quien astutamente descubrió que en la zona marciana denominada Cydonia Mensae había una serie de promontorios y elevaciones rocosas que parecían estar ubicados inteligentemente. Hoagland desarrolló un estudio en el que descubrió que las distancias entre algunas de estas formaciones geológicas y los grados existentes entre ellas obedecen a una configuración inteligente, basada en lo que Hoagland denominó «física hiperdimensional».

10. Pequeños animales y aves

En algunas de las fotografías enviadas por los robots marcianos Spirit y Opportunity, se pueden apreciar lo que parecen ser animales similares a pequeños roedores, que cambian de ubicación entre toma y toma de las distintas secuencias fotográficas. Del mismo modo, en las que se aprecia el cielo marciano, se pueden ver en la lejanía lo que parecen ser aves semejantes a las que hay en la Tierra.

El misterio de la Spirit y la Opportunity

El 4 y el 25 de enero de 2004 aterrizaron en la superficie de Marte, con éxito, los robots Spirit y Opportunity. Ambos róveres eran gemelos. La duración de las misiones estaba prevista para un máximo de 90 días marcianos (recordemos que el día marciano es prácticamente igual al de la Tierra, con una diferencia de solo 37 minutos más). Misteriosamente, la Opportunity, después de diez años, sigue funcionando, moviéndose y enviando datos de la superficie de Marte; sin embargo, la Spirit finalizó su actividad en 2011 después de siete años en activo. Las dos misiones superaron con creces el tiempo programado de existencia. Muchos lectores podrán pensar que esto fue debido a la excelente fabricación y diseño de ambos robots, pero hay una serie de cuestiones que no parecen encajar del todo en este extraño asunto.

El misterio de los paneles solares

Debemos recordar que estos robots se alimentan por energía solar. En su parte superior existen una serie de paneles que cargan de energía las baterías, pero hay algo que no entendemos y es cómo es posible que después de diez años los paneles solares sigan limpios y brillantes, teniendo en cuenta que están moviéndose a través de desiertos donde hay constantes tormentas de arena.

Le proponemos un experimento. Deje su vehículo en las proximidades de un desierto o atraviese uno con él. Pasados unos meses, regrese. Podrá comprobar cómo su vehículo está totalmente cubierto por una fina capa de polvo; y si usted opta por dejar su vehículo en esa ubicación sin limpiarlo durante cinco años, descubrirá que esa fina capa de polvo ya no es tan fina e impide incluso descubrir el color original del vehículo y, por supuesto, la visibilidad a través de las lunas. Sin embargo, estos robots que han estado muchos años funcionando perfectamente no parecen sufrir los efectos de las arenas del desierto sobre su mecánica ni la transparencia de sus paneles.

En julio de 2007 se desató una tormenta a escala planetaria en Marte que afectó severamente al robot Opportunity y, según la NASA, ocasionó dificultades para que los robots produjesen energía. Sin embargo, esa inmensa tormenta de arena no impidió que estos robots siguieran operando durante años (recordemos que la Opportunity sigue funcionando en la actualidad).

¿Cómo es posible que los paneles se mantengan limpios si no disponen de mecanismos de limpieza automática? ¿Cómo es posible que, después de esas tormentas, la mecánica de sus ejes y servos no haya sufrido importantes daños? La respuesta posiblemente la encontremos en algunas fotografías, efectuadas por los propios robots, en las que parece que una mano imposible estuviese limpiando selectivamente los paneles solares. No hay más que observar cómo la tornillería en sus hendiduras está llena de polvo, pero, en cambio, sus mecanismos metálicos móviles están limpios y brillantes, al tiempo que en los bordes de los paneles solares se aprecian importantes restos de arena seca acumulada. ¿Quién está limpiando los róveres marcianos?

El extraño diseño del robot Curiosity

El robot móvil marciano Curiosity forma parte del llamado Programa de Investigación de Marte, promovido por la NASA, podríamos decir que es la tercera generación de robots marcianos que se han enviado al planeta rojo. Fue lanzada el 26 de noviembre del año 2011 y aterrizó con éxito en Marte el 26 de agosto de 2012. El diseño de esta tercera generación implicaba importantes cambios con respecto a los anteriores róveres, como, por ejemplo, la eliminación de los paneles solares y la incorporación de una célula atómica de generación termoeléctrica de radioisótopos, desarrollada por el Departamento de Energía (MMRTG). Dicha célula genera calor con la descomposición natural del plutonio 238 y produce una corriente eléctrica de 110 vatios de potencia. Con el nuevo cambio, el problema que presentaban los paneles solares de la Spirit y la Opportunity se solventaba y ya nadie podría conjeturar sobre cómo es posible que después de una década, en un desierto, los paneles siguieran recibiendo energía eléctrica. En esta ocasión, ese factor había sido eliminado, si bien es cierto que el tamaño de la Curiosity, similar al de un pequeño automóvil, supuestamente hacía precisa la utilización de fuentes energéticas más potentes. No obstante, nos parece curioso que este robot opere con una potencia de 110 vatios, según la NASA, mientras que los anteriores robots de menor tamaño dispusieron de una producción de 140 vatios con sus paneles solares.

Cuando tuvimos la oportunidad de analizar el diseño previo del esqueleto, así como su operatividad en el desierto de Atacama (Chile), donde la NASA realizó las pruebas del robot, descubrimos algo extraño. En las especificaciones iniciales, el bastidor estaba dotado de pintura y cromados azules que posteriormente fueron eliminados, dejando el róver marciano solo con tonos grises, negros, blancos, rojos y amarillos. Incluso el colorido cableado inicial fue sustituido por cables amarillos, exclusivamente, como si intentasen impedir que, al efectuar fotografías, el robot marciano mostrase los tonos verdes y azules modificados que delatarían la utilización de filtros rojos. Asimismo, el robot no tenía la flamante bandera americana visible para las cámaras; suponemos, entonces, que la intención era que en ninguna de las imágenes se pudiese apreciar cómo los azules habían sido modificados al rojo, algo que pudimos ver perfectamente en muchas fotografías de la Viking.

Otro aspecto que nos parece curioso es la ubicación del llamado «sundial», utilizado para identificar la posición del sol y la corrección de color, en un lugar del robot donde prácticamente no es visible en ninguna fotografía; y, en las pocas en las que aparece, son tomas en blanco y negro. De ese modo se evitaban incómodas preguntas con respecto a la corrección del color de las imágenes. También fue incorporada una carta de color en la parte inferior del robot, en la que, en vez de utilizar colores vivos para poder ajustar correctamente la tonalidad cromática, utilizaron misteriosamente tonos pastel que impiden una correcta visualización del auténtico color.

Este nuevo róver construido en el año 2011 está dotado de 5 cámaras, desarrolladas por la Malin Space Science Systems (MSSS). Todas dotadas de sensores CCD que no alcanzan los 2 megapíxeles, y las imágenes en color real de *mejor* calidad tienen una resolución de 1,5 megapíxeles. Algunos de ustedes estarán pensando cómo en el año 2010 se desarrolla un robot de última generación con la más avanzada tecnología para enviarlo a 100 millones de kilómetros, en un carísimo viaje de miles de millones de euros y 6 meses de duración, dotándolo, como elementos de investigación, de cámaras digitales con resoluciones muy inferiores a las de los teléfonos móviles que, por entonces, cualquier persona podía tener. Recordemos que, en el año 2000, el teléfono móvil de la marca

Samsung SCH-V200 ya tenía una cámara de 0,35 megapíxeles, y en julio de 2004 la marca de teléfonos Sprint lanzó el móvil PM8920 con una cámara de 1,3 megapíxeles, capaz de efectuar fotografías con la misma resolución que la Curiosity. Pero, si nos movemos al año 2010, fecha en la que se desarrolló el róver Curiosity, Samsung lanzó el teléfono I8510 con una resolución ni más ni menos que de 8 megapíxeles, y su versión M8910 del año 2009 alcanzó unos increíbles 12 megapíxeles. En el año 2010 había móviles, como el Sony Ericsson S006, con 16 megapíxeles. En el primer trimestre de 2012, fecha de lanzamiento de la Curiosity, Nokia lanzó un teléfono móvil, llamado PureView 808, dotado de una cámara con 41 megapíxeles.

Usted y yo nos estamos haciendo la incómoda pregunta de cómo es posible que un ciudadano de a pie tuviera en su bolsillo una cámara con una resolución 27 veces mayor que la de las cámaras que fueron incorporadas en la carísima misión Curiosity. Pero les daremos un dato más sangrante: en 1999, la comisión científica STOA (Evaluación de las Opciones Científicas y Tecnológicas - Scientific and Technological Options Assessment) entrega un informe al Parlamento Europeo en el que afirma que, ya por entonces, existían cámaras de vigilancia de circuito cerrado con 100 megapíxeles de resolución.

Si el lector tiene la curiosidad de comprobar la calidad de las imágenes tomadas por el primer robot marciano Viking I en el año 1976, podrá ver que, casi 40 años después, las imágenes tienen el mismo aspecto. Debemos recordar al lector que las capacidades de transmisión de datos hace 40 años, así como su capacidad de compresión, eran infinitamente menores a las actuales; y podemos afirmar con total seguridad que en la actualidad es posible enviar gigabytes de información desde Marte a la Tierra sin problemas.

Es posible que usted haya visto algunas fotografías de la Curiosity en las que se aprecia una panorámica del paisaje marciano. Dichas fotografías son de varios megapíxeles, pero esto lo consiguen haciendo lo que se denomina «mosaico de imágenes»: múltiples tomas adyacentes que se colocan una junto a otra para producir una panorámica de gran tamaño, en ocasiones comprometiendo el aspecto del entorno, algo que va contra el método científico, que bien se hubiera podido subsanar con una sencilla cámara de diez megapíxeles.

El misterio de las ruedas del Curiosity

Algo extraño comenzó a ocurrirle al robot marciano Curiosity. Las seis ruedas de aluminio con las que había sido dotado para moverse por la superficie marciana comenzaron a deteriorarse muy rápidamente. Apenas había recorrido 15 kilómetros en los primeros 515 días sobre la superficie marciana cuando las ruedas mostraron importantes abolladuras y roturas en la superficie del aluminio especial con el que habían sido construidas. Este hecho podría parecer normal o anecdótico debido a la utilización del robot en condiciones extremas, pero el lector debe recordar que este robot fue probado en un desierto de la Tierra sobre una superficie muy dura sin que se produjeran desperfectos en ninguna de las ruedas. Quizá algún lector pueda pensar que esto no reviste demasiada importancia, pero si tenemos en cuenta que la gravedad en Marte es solo del 38 % con respecto a la Tierra, esas ruedas deberían haber resistido sobradamente la superficie marciana. Adicionalmente, la NASA había enviado ya tres robots con distintos diseños de ruedas y en ninguno de ellos se había observado ningún desperfecto en ellas. Las preguntas son inevitables: ¿cómo es posible que en diseños anteriores no existan estos problemas y en diseños posteriores sí? ¿No se supone que deberían haber aprendido errores solventados en el pasado?

Asimismo, debemos recordar que el robot tiene una velocidad máxima de cuatro centímetros por segundo, y las zonas donde se han originado los deterioros no son mucho peores que donde circularon los robots Spirit y Opportunity. Recordemos, además, que estas dos últimas misiones recorrieron muchísimos más kilómetros y estuvieron en la superficie más de diez años sin que sufrieran desperfecto alguno. Teniendo en cuenta todos estos factores, nos hacemos una pregunta lógica: ¿ha recorrido el Curiosity solo 15 kilómetros o han sido muchos más y no se han mostrado a los medios de comunicación? Quizá, puestos a especular, podríamos preguntarnos si el Curiosity está realmente en Marte; o si no estará, por el contrario, mucho más cerca de nosotros, por ejemplo, en algún lugar secreto de la Tierra, y toda esa misión sea una puesta en escena, como presumimos que se hizo con la misión Apollo.

Insectos en Marte

El día 65 de la misión Curiosity, esta fotografió algo muy extraño que nos pareció de especial interés. Se trataba de algo que, a simple vista, parecía una crisálida de insecto de pequeño tamaño. Cuando tuvimos la oportunidad de ver la imagen, observamos claramente que las comparaciones con las crisálidas de los insectos de la Tierra eran idénticas, incluso se podía apreciar un grado de transparencia en aquel cuerpo extraño. La NASA, apresuradamente, comunicó que esa parte correspondía a un trozo de plástico desprendido del robot y que el viento lo había llevado hasta esa ubicación. Pero hay varias cuestiones que nos parecen sorprendentes. En primer lugar, el robot marciano fue enviado a Marte en un entorno de limpieza semejante al de un quirófano. Todos los elementos extraños, por minúsculos que fueran, incluso bacterias, fueron eliminados de este robot. ¿Cómo es posible que 65 días después se desprenda un trozo de plástico que no corresponde a ninguna pieza conocida del vehículo y que este sea fotografiado casualmente sobre la superficie marciana? Todas estas cuestiones y muchas más, desde nuestro punto de vista, superan la casualidad y afianzan en nuestra mente la hipótesis de que algo muy raro está sucediendo con este robot enviado a Marte.

CAPÍTULO 6
TECNOLOGÍA NO CONVENCIONAL

En el año 1945, terminada la Segunda Guerra Mundial, se puso en marcha un importante proyecto para *importar* y nacionalizar a las mentes más brillantes y los científicos más destacados de Alemania. Los alemanes, tras perder la guerra, se encontraron totalmente desarbolados, y su férrea estructura se vino abajo completamente. Los rusos, desde el este, y los británicos y norteamericanos, desde el oeste, se lanzaron afanosamente a la búsqueda de esas mentes privilegiadas que habían permitido a Alemania construir numerosos prodigios tecnológicos que, en ocasiones, habían llegado a poner contra las cuerdas a los aliados.

No solo buscaron las mentes más brillantes, sino que intentaron hacerse con todos los aparatos y artefactos de ingeniería avanzada de los que Alemania disponía. Asimismo, los vencedores sustrajeron toda la información técnica posible, en algunos casos de bases militares subterráneas en las que se operaba bajo tierra para evitar que fueran destruidas por la aviación aliada.

Los norteamericanos encontraron una tecnología con la que jamás habían soñado. Ni más ni menos que unos sistemas antigravitatorios basados en artefactos, al parecer, desarrollados por un austríaco llamado Viktor Schauberger. Este inventor desarrolló diversas patentes que iban desde nuevos mecanismos para arar la tierra hasta instalaciones y correctores de flujo en canales de drenaje. Su especialidad fue principalmente la mecánica de vórtices en medios fluidos y gaseosos. A finales de los años treinta, Schauberger, experimentando con un artefacto electromecánico, con el que pretendía dirigir el movimiento de los vórtices gaseosos, descubrió que, cuando lo cargaba de corriente eléctrica, el aparato salía, literalmente, disparado hacia arriba; incluso se cuenta la anécdota de cómo la nave industrial en la que trabajaba Schauberger sufrió importantes desperfectos en la cubierta al ser atravesada por el dispositivo, que salió disparado verticalmente a una gran velocidad.

El aparato alemán fue conocedor de esta circunstancia y las investigaciones de Schauberger pasaron a formar parte de las armas secretas del Tercer Reich. No son muchos los datos que se conocen al respecto, pero podemos contarles que en el centro de investigación subterránea situado en Pilsen (República Checa) se instaló la planta de producción armamentística, propiedad de la División de Ingeniería nazi Skoda, en la que se estuvo desarrollando un proyecto denominado V-5, con su nombre en clave Die Glocke (La Campana). Aparentemente, al serle conectada una intensidad de corriente de 900 kiloamperios a un dispositivo con forma de campana, se generaban unas ondas gravitatorias que permitían al artilugio elevarse del suelo. Al acabar la guerra, los norteamericanos se apropiaron de esta tecnología. El artefacto en cuestión tenía aproximadamente 2,8 metros de diámetro y 4,5 metros de altura. Se dice que en su interior se habían dispuesto dos cilindros que giraban en sentido contrario a la rotación de un extraño líquido de color púrpura, al que los alemanes dieron como nombre clave Xerum 525. Ese líquido era muy radiactivo y los cilindros adyacentes estaban revestidos con tres centímetros de espesor de plomo. Las radiaciones afectaron a los técnicos que supervisaron las primeras operaciones, provocándoles en algunos casos la muerte. Al parecer, el sistema solo podía ser puesto en marcha durante uno o dos minutos. En los primeros desarrollos, las personas que se acercaban demasiado al artefacto comenzaban a sentir un sabor metálico en la lengua. Posteriormente, la cámara de cilindros de Die Glocke fue forrada con ladrillos cerámicos para evitar que las altas temperaturas destruyesen su estructura. Pero poco más se sabe sobre este dispositivo, ya que los científicos que trabajaban en Pilsen fueron asesinados por las SS poco antes de la rendición de Alemania y, después, se procedió a trasladar un modelo de La Campana al Centro de Investigación alemán en Silesia, por órdenes del general Kammler, máximo responsable del aparato alemán a finales de la Segunda Guerra Mundial, y que desapareció misteriosamente; incluso algunas fuentes le dan por muerto en tres lugares distintos y tres situaciones diferentes, lo que nos hace pensar que su muerte es una mera cortina de humo, pues su cuerpo jamás fue encontrado y, por supuesto, tampoco el avión JU-390, de largo alcance, utilizado para evacuar a este misterioso personaje.

En su libro *Wunderwaffe* (Arma maravillosa), Igor Witkowski, periodista de investigación polaco, afirma que el JU-390 viajó desde Praga a Opole (Polonia). Otro importante testigo fue el ministro de Economía alemán y capitán de las SS, Rudolf Schuster, que pudo ver cómo La Campana se cargó en el JU-390 en el campo de aviación de Schweidnitz, situado a 100 kilómetros al oeste de Opole. Estos hechos sucedieron en abril de 1945. Por otra parte, en 1974 el periodista británico Tom Agoston entrevistó al jefe de la División Skoda, el doctor Wilhelm Voss, quien afirmó que La Campana viajó a bordo del JU-390 desde Schweidnitz a Bodo, Noruega. Posteriormente, existen sospechas de que, desde (Noruega), La Campana fue trasladada por un pesquero a la actual Dajla, entonces llamada Villa Cisneros, un territorio del Sahara Occidental controlado por Marruecos. Desde allí fue transportada nuevamente hasta la base aérea del Palomar, en Buenos Aires, el 2 de mayo de 1945, lugar este último donde se pierde la pista del destino final de Die Glocke.

Pero un hecho sin precedentes ocurrió entre los días 2 y 3 de noviembre de 1957 cerca de la pequeña ciudad de Levelland, en Texas.

El incidente se produjo en la tarde-noche del 2 de noviembre, cuando dos trabajadores agrícolas de procedencia hispana, cuyos nombres eran Pedro Saucedo y Joe Salaz, avisaron a la policía de Levelland para informarlos del avistamiento de un ovni. Saucedo dijo al oficial de policía A. J. Fowler que, mientras conducía por el oeste de la ciudad, a una distancia de unos seis kilómetros pudo ver un destello de luz azul cerca de la carretera. Al poco tiempo, el motor de su camioneta se paró. Pudieron percibir entonces cómo un objeto con forma de cohete se aproximaba hacia la camioneta. En ese mismo instante, Saucedo salió inmediatamente de la camioneta y se lanzó al suelo. Llamó a su colega Salaz, pero este no salió. De hecho, el propio Saucedo afirmó en su declaración que saltó de la camioneta y se lanzó a tierra porque tuvo miedo: «El artefacto pasó directamente por encima de la camioneta, produciendo un tremendo sonido y una ráfaga de viento. Sonó como un trueno que sacudió incluso a mi camioneta, produjo un enorme *flash* de luz que me hizo sentir mucho calor», afirmó. A medida que el objeto se alejaba de la camioneta, el vehículo pudo arrancar nuevamente con normalidad.

El oficial de policía Fowler pensó que se trataba de una broma e hizo caso omiso de la llamada. Una hora más tarde, el automovilista Jim Wheeler informó de que un objeto con forma de huevo, potentemente iluminado, de unos 200 metros de largo, pasó cerca de él y, justo en ese preciso instante, su coche se paró y las luces se apagaron. Wheeler comentó que, cuando el objeto se alejaba, las luces se volvieron a encender y pudo volver a arrancar el motor.

A las 22:55, un matrimonio que conducía al oeste de Levelland informó haber visto un brillante destello de luz moviéndose a través del cielo. Los faros y la radio que tenían encendidos se apagaron durante tres segundos. Cinco minutos más tarde, José Álvarez afirmó que pudo ver un objeto que pasó cerca de un camino situado a 18 kilómetros al norte de Levelland y, cuando ese objeto se acercó, su vehículo se detuvo y el motor se paró; posteriormente, pudo volver a arrancarlo cuando el objeto se alejó.

A las 00:05 del 3 de noviembre, un estudiante del Texas Technological College, llamado Newell Wright, se sorprendió cuando conducía a 16 kilómetros al este de Levelland y su motor, literalmente, comenzó a chisporrotear. El amperímetro del cuadro de mandos se volvió loco de forma intermitente. El motor se encendía y apagaba irregularmente, como si se estuviese quedando sin gasolina hasta que, finalmente, el coche se detuvo. En ese instante, las luces se apagaron y segundos más tarde salió del coche para intentar localizar el problema. Cuando estuvo fuera del vehículo, pudo ver un objeto con forma de huevo, que tenía unos 30 metros de largo, situado a un lado del camino. Al instante, el objeto despegó y, cuando se alejaba, pudo volver a arrancar el motor de su vehículo de nuevo.

A las 00:15, el oficial Fowler recibió nuevamente otra llamada de un granjero llamado Frank Williams, quien afirmaba que había descubierto un objeto muy brillante apostado a un lado de la carretera. El motor de su coche se detuvo y las luces se apagaron. El objeto se marchó volando y, posteriormente, volvieron a encenderse las luces y pudo arrancar normalmente.

Otros testigos fueron Ronald Martin, que lo vio a las 00:45, y James Long, que lo pudo ver a la 01:15; ambos comentaron también experiencias similares a las anteriormente descritas.

En aquellos momentos, la policía de Levelland decidió investigar activamente el incidente. Entre los policías se encontraba el *sheriff* Weir Clem, que tuvo la oportunidad de ver un objeto rojo brillante en el cielo a la 01:30 de la madrugada. Asimismo, a la 01:45, el jefe de bomberos de Levelland, Ray Jones, también vio el objeto y su vehículo sufrió los mismos efectos descritos por los otros testigos.

Durante la noche del día 2 y las primeras horas de la madrugada del día 3 de noviembre de 1957, el Departamento de Policía de Levelland recibió un total de 15 llamadas telefónicas relacionadas con el extraño objeto. El oficial Fowler declaró que «todos aquellos que llamaban se encontraban muy alterados».

El suceso de Levelland llegó a tener notoriedad nacional. Incluso las Fuerzas Aéreas enviaron a un sargento para investigar los hechos, quien, después de entrevistar a algunos testigos, informó públicamente a los medios de comunicación de que el incidente había sido producido por una tormenta eléctrica importante que había generado el extraño efecto denominado «rayo en bola», «rayo globular» o «fuego de san Telmo».

Evidentemente, los militares pretendían dinamitar cualquier especulación sobre el objeto con esta explicación. Muchos de los testigos, indignados, afirmaban que aquella noche no hubo tormenta ninguna y que era un día normal. A lo sumo, se encontraron con pequeños bancos de niebla, pero no existen evidencias ni testimonios de ninguna tormenta y, por supuesto, no hay registros históricos de fenómenos similares que demuestren que un rayo en bola puede apagar el motor de un vehículo o sus luces.

En este momento el lector quizá se esté preguntando qué relación tiene este suceso con el proyecto antigravitatorio alemán. Quizá cuando le relatemos el siguiente caso, directamente conectado con el incidente de Levelland, empiece a entenderlo todo.

El accidente de Kecksburg

Fue el 9 de diciembre de 1965 cuando, en un bosque cercano a Kecksburg (Pennsylvania), numerosos testigos afirmaron que algo se había estrellado en la zona. La Fuerza Aérea de los Estados Unidos redactó un informe en el que se afirmaba que no había ocurrido nada, pero ese informe entraba en contradicción con los testimonios aportados por los numerosos testigos que afirmaban haber visto cómo un objeto extraño con forma de campana había sido retirado secretamente por los militares inmediatamente después de estrellarse.

Los hechos ocurrieron de la siguiente manera. En aquella tarde del 9 de diciembre, una potente luz atravesó a gran velocidad el cielo de los Estados Unidos. Se llegaron a contabilizar cientos de testigos que afirmaron haber visto aquella luz desde varios estados, pero a 60 kilómetros al sureste de Pittsburg, en la localidad de Kecksburg, los hermanos Robb y Ray pudieron ver, mientras paseaban en bicicleta, un extraño objeto con forma de campana volando a tan baja altura que incluso rozaba las copas de los árboles. La trayectoria del objeto era de caída y los muchachos pudieron observar cómo el artefacto se precipitaba sobre un bosque cercano.

El niño Randy Overly, a pocos kilómetros de distancia, tuvo la oportunidad de escuchar el fuerte silbido que el objeto dejaba a su paso y, cuando levantó la vista para observar qué era lo que producía aquel sonido, pudo ver el objeto a una altura que estimó de unos 60 metros. Nevin Kalp, otro niño que se encontraba jugando con su hermana, pudo observar cómo el extraño objeto situado más o menos a 700 metros de él se estrellaba en un barranco próximo a un bosque. Nevin vio cómo el objeto impactó contra el suelo y, nada más hacerlo, comenzó a formarse una densa columna de humo. Cuando Nevin y su hermana Nadine regresaron a casa, escucharon en la radio un aviso de emergencia: una avioneta se había estrellado en la zona de Kecksburg y se solicitaba la colaboración de los testigos que hubiesen podido verlo. La madre de los niños, Frances Kalp, llamó por teléfono a emergencias y advirtió que el objeto que se había caído no era ninguna avioneta. Pensaba que era un fragmento que se había desprendido de un avión y les dijo que estaba ardiendo, pues podía verse una densa humareda.

A los pocos minutos la señora Kalp recibió una llamada de respuesta de un tipo que aseguraba pertenecer al Ejército y que le pedía vigilar la zona por si se producía algún fenómeno extraño. Le facilitó un número de teléfono para que le localizase, en caso de que así fuera. La mujer le dijo que iba a llamar a los bomberos, pero el militar le respondió que no hiciera tal cosa e insistió en que llamase al número de teléfono que le había dado si ocurría algo. A los pocos segundos de colgar, recibió una llamada de la policía local, que se acercó a su casa a los 15 minutos de telefonearla. Pero la policía local iba acompañada de dos extraños tipos vestidos de civil que en ningún momento llegaron a identificarse. La señora Kalp indicó a estos dos extraños dónde había caído el artefacto. En aquel momento la humareda ya no era visible y los hombres se dirigieron hacia el lugar con una extraña caja en la mano, que la señora Kalp, con el paso de los años, identificó como un contador Geiger.

Ella preguntó a uno de los oficiales de policía cómo aquellos tipos podrían llegar al lugar donde había caído el objeto, a lo que el policía le respondió que no tendrían problemas en encontrarlo debido a la radiación que emitía. Para entonces, el incidente ya era conocido por muchos habitantes del pueblo y al anochecer decidieron organizar una partida de búsqueda con el fin de encontrar el artefacto.

Jim Mayes, bombero voluntario del condado, acompañó a dos policías hasta una loma desde la que se veía el lugar donde había caído el artefacto. El bombero y los policías, en la oscuridad, pudieron ver claramente una serie de luces azules que destellaban en la zona. Mayes afirmó que la luz le recordaba a la que genera un soldador eléctrico y en ningún momento le pareció que se tratase de una linterna, ya que tenía un ritmo de encendido y apagado similar al de una baliza. Inmediatamente después, la policía local prohibió el paso a toda la zona y bloqueó todos los caminos locales. Pero un grupo de 30 bomberos voluntarios de la localidad se reunieron y decidieron organizar partidas de búsqueda en grupos de tres hombres. Todos los voluntarios pensaban que lo que estaban buscando eran los restos de una avioneta que se había estrellado. Se repartieron por la zona en diversos grupos y, al cabo de un rato, uno de los equipos de búsqueda advirtió por radio que la había encontrado, y dio la ubicación donde se hallaba.

Cuando los primeros hombres llegaron a la zona, se encontraron un enorme artefacto metálico con forma redondeada que les recordó una campana. Los testigos comentaron que no tenía alas ni motores ni hélices, y tampoco identificación alguna, pero en la base del objeto había un extraño conjunto de caracteres que recordaban las antiguas runas nórdicas. Los bomberos estuvieron durante unos instantes investigando el objeto y preguntándose qué era cuando, repentinamente, aparecieron de la nada dos tipos que les pidieron que abandonaran el lugar porque el sitio estaba en cuarentena. Les aseguraron que ellos estaban al mando de la operación y que se harían cargo del aparato. En ese momento apareció un grupo de militares y los voluntarios iniciaron su retirada. Cuando regresaron a Kecksburg, el pueblo estaba tomado, literalmente, por los militares.

Solamente habían pasado tres horas desde la caída del objeto y el Ejército había montado un puesto avanzado en la zona, se prohibió el acceso a todo el personal civil e incluso se tomó el control del parque de bomberos. Los militares también ocuparon una casa cercana al barranco donde se produjo el accidente. La vivienda pertenecía a la familia Hays, y sus miembros vieron cómo estos militares utilizaron su teléfono durante horas para realizar un sinfín de llamadas en un tono que reflejaba un evidente nerviosismo. Se da la circunstancia de que, cuando la familia Hayes recibió la factura telefónica, no había registro de ninguna de las llamadas efectuadas por los militares aquella noche. Los Hays recuerdan que los militares hablaban de avisar al Pentágono y la NASA.

La pequeña villa de 250 habitantes fue tomada por los militares. Al parecer, existen informes oficiales al respecto que confirman que estuvieron en la zona de Kecksburg, pero en dichos informes niegan haber encontrado nada. Por supuesto, todos los testigos afirman algo totalmente distinto.

Aquella noche el pueblo fue acordonado por el Ejército debido a que cientos de lugareños, movidos por la curiosidad, intentaron acceder a la zona del accidente para ver qué es lo que había ocurrido. Bill Weaver fue otro testigo ocular que afirma que no es cierto que los militares no hubieran encontrado nada aquella noche. Él pudo ver en la zona del barranco un objeto que emitía una potente luz brillante e, incluso, tuvo la oportunidad de ver un convoy militar con un enorme camión de caja abierta vacío. Del convoy bajaron numerosas personas vestidas con lo que Weaver describió como «trajes espaciales». Llevaban un contenedor de un color claro en dirección al barranco. Al parecer, era bastante más pequeño que el objeto, que, según los testigos iniciales, tendría unos tres metros de largo por 2,5 metros de ancho, mientras que el contenedor era de dimensiones bastante inferiores, unas dimensiones que podrían hacer pensar en la posibilidad de que aquel objeto estuviese tripulado y que el contenedor que estaban trasladando estuviese destinado a transportar al posible tripulante de dicho artefacto.

Mientras tanto, una serie de militares los obligaron a abandonar la zona. Weaver preguntó a uno de ellos qué estaba sucediendo, a lo que el militar le respondió que abandonara la zona o, en caso contrario, incautarían su coche. Transcurrido un rato, los bomberos voluntarios que habían sido desalojados del parque de bomberos pudieron observar cómo un *jeep* militar abría paso a un camión de caja abierta, en la que había un objeto oculto bajo una lona opaca, cuyas dimensiones se correspondían con las del artefacto que habían visto en el lugar del siniestro. Otra de las cosas que les extrañó fue la gran velocidad a la que aquel convoy se alejó del pueblo.

Posteriormente, un vecino de la zona aficionado a la ufología, llamado Stan Gordon, después de efectuar algunas investigaciones, descubrió que el objeto venía desde una larga distancia y había efectuado giros dramáticos en el cielo para, finalmente, frenarse antes de impactar en el barranco de Kecksburg, algo que anula las teorías presentadas por algunos astrónomos, que afirmaban que se trataba de un meteorito o satélite artificial, ya que los objetos en caída libre, como estos que hemos mencionado, no hacen giros bruscos en su movimiento de caída y, por supuesto, no se frenan kilómetros antes de impactar. Stan Gordon estuvo unos diez años investigando todo lo ocurrido en la zona. Descubrió, con el acta de libertad de información, que existían datos de numerosas solicitudes de información por parte de la Fuerza Aérea, la NASA, el NORAD (Mando Norteamericano de Defensa Aeroespacial) y el Pentágono. Incluso la Oficina de Emergencia Nacional solicitó información al respecto.

Algunos testigos identificaron a las unidades militares que intervinieron, como el Escuadrón Militar de Radar 622 de la Fuerza Aérea. Pero Gordon descubrió que no existen informes de actividad de dicho escuadrón en la base donde se encontraban. Algunas fuentes indican que el destino final de aquel camión cargado con el objeto fue la base de la Fuerza Aérea de Wright Patterson. Esta base militar, que cuenta con más de 27 mil empleados militares, está situada en Ohio y es una de las más importantes de los Estados Unidos. Dos años después del accidente, un camionero afirmó haber entregado un cargamento de ladrillos cerámicos en dicha base. Cuando el conductor del camión preguntó por el área de descarga, le indicaron un hangar donde debía dejarla. Este transportista afirma que en aquel hangar había un objeto con forma de campana, similar a las dimensiones que describieron los testigos de Kecksburg. El camionero pensó que aquellos ladrillos cerámicos serían utilizados para recubrir el objeto.

Continuando con el accidente de Kecksburg, añadiremos la extraña «anécdota» que le ocurrió a John Murphy, quien por entonces era reportero de la estación de radio local WHJB. Murphy llegó a la escena donde se produjo el impacto, tomó varias fotografías y entrevistó a unos cuantos testigos. Su exmujer, Bonnie Milslagle, confirmó posteriormente que personal militar desconocido le confiscó casi todos los rollos de fotos que había sacado.

Mable Mazza, que era el director de esta emisora, recuerda la escena diciendo: «Estaba todo muy oscuro y había un montón de árboles alrededor, pero desde la zona en la que nos encontrábamos se podía ver el objeto caído que tenía forma de cono. Esa fue la única vez que lo vi». En las semanas siguientes, el reportero Murphy llegó a involucrarse en el caso hasta el punto de escribir un documental radiofónico titulado *Objeto en los bosques*, en el que contaba su experiencia y mostraba las entrevistas que había realizado aquella noche. Días antes de emitirse el documental, recibió una inesperada visita en la emisora de radio por parte de dos hombres vestidos con trajes negros, que se identificaron como funcionarios del Gobierno y pidieron hablar con el señor Murphy a puerta cerrada. La reunión duró 30 minutos. Una empleada de la emisora, Linda Foschia, recordó que aquellos hombres le confiscaron a Murphy algunas cintas de audio que contenían las grabaciones de las entrevistas.

Una semana después de la visita de estos hombres de negro, John Murphy sacó al aire una versión censurada del documental. Al parecer, Murphy había retirado datos reveladores del accidente para evitar meterse en problemas con la policía y ejército. Su exmujer afirma que Murphy cambió totalmente el documental con respecto a lo que originalmente tenía.

En febrero de 1969 Murphy sufrió un accidente en el que perdió la vida. Al parecer, cuando el reportero intentaba cruzar una carretera, durante unos días de descanso que se había tomado, un automóvil lo atropelló y se dio a la fuga. Nunca se encontró el coche ni llegó a ser identificado el conductor.

La conexión

En ambos sucesos, tanto en el de Levelland como en el de Kecksburg, aparecen muchos elementos comunes, incluso la forma del objeto, la radiación que emite, los militares en la zona y, por supuesto, las fuentes oficiales desmintiendo las declaraciones de todos los testigos y negando todos los acontecimientos que *de facto* sucedieron.

Curiosamente, ese objeto se parece bastante a Die Glocke, que, como ya hemos mencionado, fue desarrollada por los alemanes en Pilsen durante la Segunda Guerra Mundial. Al parecer, este artefacto emitía ondas antigravitatorias y era muy peligroso en su manipulación por la fuerte radiación que emanaba. Finalmente, cayó en manos de los aliados, quienes continuaron su desarrollo dentro de una investigación militar avanzada y en el más estricto secreto.

Por esta razón, nosotros pensamos que, a mediados de los años sesenta, los Estados Unidos ya disponían de prototipos antigravitatorios y, a finales de esa década, incluso podían tripularlos, conclusión a la que llegamos basándonos en estos sucesos y en numerosos testimonios que existen sobre tecnología avanzada de la Alemania nazi.

Creemos que existen dos programas espaciales perfectamente diferenciados. Uno de ellos público, en el que se utilizan grandes presupuestos, cohetería con motores de reacción convencional y personal civil. El otro, un proyecto secreto de exploración espacial, en el que se está utilizando tecnología no convencional, basada en la antigravedad, donde se realizan operaciones totalmente secretas en instalaciones igualmente blindadas, y son llevadas a cabo por personal militar y, por supuesto, por los servicios de inteligencia.

Supongo que usted estará pensando que para desarrollar un programa de exploración espacial paralelo, con tecnología no convencional, harían falta poderes especiales que superasen los del propio presidente de los Estados Unidos, además de unos presupuestos enormes que nunca podrían ser justificados, debido al carácter sucinto de dicha operación. Asimismo, podemos pensar que para llevar adelante un programa de esta envergadura harían falta unas instalaciones ubicadas en un lugar totalmente secreto, donde el acceso fuese restringido al personal autorizado. Igualmente, para poder evitar las filtraciones, sería necesario que el personal que trabajase en dichas instalaciones no tuviese acceso a toda la información, sino que los datos fuesen fragmentados para la divulgación de dicho proyecto. Pero ¿todo esto es posible? La respuesta es sí.

Por encima de los poderes del Estado

Igual que en España se dispone de los llamados «fondos reservados», que no están sujetos a requisitos y justificantes de otras partidas presupuestarias, y cuyo uso está limitado, principalmente, a los servicios de inteligencia, en Estados Unidos se dispone de un marco legal, creado el 9 de diciembre de 1947, llamado Informe NSC4, que da un enorme margen de movimiento a los servicios de inteligencia y que fue ratificado en el 94 Congreso, Segunda Sesión, Expediente n.º 94-755 del 26 de abril de 1976. En la página 49 de dicho informe se establece sobre las instituciones de inteligencia lo siguiente: «Estas instituciones autorizan al Ministerio de Exteriores a decidir sobre todas las actividades anticomunistas de los Servicios de Información en el extranjero». De ese modo, se autoriza a la Agencia Central de Inteligencia (CIA) a ejecutar acciones secretas sin límite y se ordena al director de la CIA como organizador y ejecutor de estas operaciones secretas de acuerdo con el Ministerio de Defensa.

Incluso en los Informes NSC10 y NSC10/2 se amplió aún más la capacidad de maniobra de las operaciones secretas y hasta existen unidades secretas creadas bajo decretos como el NSC5412/2 en marzo de 1955. Dentro de esos grupos de coordinación se encontraba como miembro permanente Nelson Rockefeller, quien por entonces era jefe del Comité sobre la Reorganización Gubernamental del Presidente, así como asistente especial del presidente para los Asuntos Exteriores. Podemos ver, de este modo, que el hombre más rico del mundo se vinculó, como coordinador y planificador de la organización más poderosa y secreta del planeta, al Consejo de Seguridad Nacional, al que además pertenecía, aparte de Rockefeller, un miembro de cada uno de los ministerios de Defensa y de Asuntos Exteriores. También estaba dentro de este grupo coordinador el director de la CIA. El nombre que recibió este grupo especial fue el de Comité 5412, porque nació del Decreto Ejecutivo 5412/1 aprobado en 1955. Todo esto ocurrió durante la Administración del presidente Eisenhower.

Posteriormente, fue llamado Comité Majority 12, y en su fundación estaba integrado por Nelson Rockefeller, el director de la CIA Allen Dulles, el ministro de Asuntos Exteriores John Foster Dulles, el ministro de Defensa Charles E. Wilson, el jefe del Estado Mayor, el almirante Arthur Radford, el director del Federal Boureau of Investigation (FBI) Edgar Hoover y los seis mayores ejecutivos del Consejo de Relaciones Exteriores (CFR). A estos últimos miembros se les llamaba los «hombres sabios». Curiosamente, todos los componentes del Majority 12 eran miembros de una sociedad secreta de estudiantes llamada Jason Society, que reclutaba importantes personalidades que salían de grupos secretos, tales como los Skull & Bones, de los que hablaremos más adelante en este libro. El grupo Majority 12 sigue funcionando hoy en día.

Así pues, nos encontramos con que existe un poder público elegido por los ciudadanos en las urnas y un poder secreto, con una enorme capacidad de maniobra, del que muy poco se sabe, al auspicio de órdenes ejecutivas presidenciales que nacieron hace 61 años.

Black Money (El dinero negro)

Para ejecutar el proyecto del que acabamos de hablar, hemos visto que el país más poderoso del mundo había creado unas directivas que permitían operaciones secretas sin limitaciones ni explicaciones. Evidentemente, esas operaciones tienen que estar auspiciadas por unos presupuestos elevados que no haya que justificar. Si tratamos de explicar de dónde puede obtener el país más poderoso del mundo recursos económicos para crear un programa paralelo, podemos pensar que esas fuentes de ingresos deben provenir de muy diversos sitios.

Inicialmente, en los años cincuenta, antes de la Administración Kennedy, esos grupos disponían de sus propios presupuestos, pero, evidentemente, el despliegue económico necesario tenía que ser inmenso. Como ya pudo ver el lector, desde nuestro punto de vista, todo el programa Apollo de exploración lunar fue, posiblemente, un fraude. Cuando el presidente Kennedy tomó la decisión de enviar un hombre a la Luna, se hizo una estimación preliminar nada, o muy poco, realista, que estimaba su coste en 7000 millones de dólares. Posteriormente, poco antes de la muerte de Kennedy, James Webb (segundo director de la NASA) entregó al vicepresidente Johnson un presupuesto revisado que alcanzaba una estimación de 20 000 millones de dólares de principios de los años sesenta. Pero el coste final del programa Apollo llegó a la impresionante cifra de 25 400 millones de dólares. Ahora nos hacemos una pregunta. Si el programa Apollo no fue llevado a cabo y todo fue una puesta en escena, el presupuesto real destinado a dicho programa pudo haber sido la mitad y quizá haberse desviado cerca de 12 000 millones de dólares a ese segundo programa paralelo del que estamos hablando.

Tengamos en cuenta que el llamado proyecto Mars One, con el que se pretende llevar seres humanos a la superficie del planeta Marte, se ha estimado que costará aproximadamente 6000 millones de dólares del año 2015.

Considerando las tablas inflacionistas desde 1963 hasta el año 2015, en las que se puede ver que lo que se podía comprar con un dólar de 1963 hoy en día cuesta 6,5 dólares, llegamos a la conclusión de que el costo final del programa Apollo, a fecha actual, hubiera llegado a ser de 165 000 millones de dólares, con lo cual nos parece muy extraño que el proyecto Mars One, que requiere de una tecnología que ni siquiera conocemos, valga 27,5 veces menos si lo comparamos con el proyecto Apollo; por consiguiente, podemos pensar que hubo desvío de fondos, aunque no lo podamos afirmar por razones obvias.

Pero las agencias de inteligencia siempre se han financiado irregularmente, algo que salió a la luz en la Administración Reagan durante los años 1985 y 1986 con el llamado Escándalo Irangate, en el que la CIA vendió a Irán un total de 47 millones de dólares en armas, dinero gestionado por el teniente coronel Oliver North a través de una red de cuentas en bancos suizos, utilizando el tráfico de drogas como parte de la financiación para dicha operación.

También la Agencia de Inteligencia se vio implicada en el contrabando de opio cuando apoyó al general anticomunista chino Chiang Kai-She, a quien le proporcionó apoyo logístico para pasar opio desde la zona china a Birmania y Tailandia.

Otro caso apareció en 1980 en puntos donde se recibía el tráfico de cocaína vinculado a la CIA, en la última década de los años ochenta, en el que incluso se hablaba de la posible participación de figuras tales como el propio presidente Bill Clinton, George Bush padre y George Bush hijo, los tres presidentes de los Estados Unidos, así como otras importantísimas personalidades. Esto saltó a la luz en el aeropuerto de Mena, Arkansas, donde aterrizaban vuelos secretos de la CIA con cargamentos que procedían del conocido Cartel de Medellín. Posteriormente, la CIA se investigó a sí misma y llegó a la conclusión de que no tenía ningún conocimiento de actividades ilegales que hubieran ocurrido en dicho aeropuerto. Pero si ya nos parece gracioso que alguien se investigue a sí mismo, el que se redacte un informe público para probar la honorabilidad de sus propios actos hace que la imparcialidad de dicho documento deje mucho que desear.

Podríamos hablar de cómo Michael Ruppert, un oficial de la división de narcotráfico, denunció públicamente a John Deutch en Los Ángeles el 15 de noviembre de 1996, alegando que en su experiencia en la lucha antidroga había visto evidencias que vinculaban a la CIA con el narcotráfico, y esto hace 19 años. Tan contundentes eran las evidencias que, al parecer, tenía Ruppert que creó una publicación titulada *From the wilderness*, en la que exponía la corrupción gubernamental vinculada al narcotráfico y a la CIA.

Existen más casos, como el denunciado por el periodista norteamericano Gary Stephen Webb, muerto prematuramente en 2004 a los 49 años, quien en su obra *Dark Alliance* hablaba de la vinculación de la CIA con el contrabando de cocaína. En 2004, Webb apareció muerto con dos disparos de bala en la cabeza, lo que la oficina forense juzgó como suicidio. Seguramente el lector se estará preguntando cómo alguien que está destapando una corrupción tan importante es capaz de pegarse dos tiros en la cabeza si, a partir del primero, es muy poca la vitalidad que queda para darse un segundo.

Como vemos, estas pequeñas «fisuras», que nos permiten identificar fuentes de financiación ilegal, quizá nos permitan ver la realidad que se esconde detrás del bloque de hormigón construido alrededor de las agencias de inteligencia. También se da la curiosa circunstancia —y lo digo para que el lector encaje estas cosas como considere apropiado— de que en el momento en que Estados Unidos invade Afganistán, a finales de 2001, el aumento de la producción de opio en dicho país se disparó multiplicándose por cinco, por seis, por siete, por ocho... Y ahora nosotros nos hacemos una pregunta: ¿cómo es posible que, habiendo tomado un país militarmente y habiendo nombrado un presidente prácticamente a dedo, teniendo así el control político, puedan aumentar tantísimo las sustancias ilegales que se cultivan en el país? Nos hacemos otra pregunta más: ¿quién está detrás del narcotráfico mundial? Pensad que se pueden mover cientos de miles de millones de dólares o euros internacionalmente sin que ninguno de los múltiples países por los que pasan esas enormes cantidades de dinero sean conscientes de dichos movimientos. ¿Cómo es posible que los servicios de inteligencia mundiales, que controlan hasta los más mínimos de nuestros movimientos, como ocurre en algunos casos, no perciban esas grandes actividades económicas ilícitas? Es como echar una red al mar en la que se te escapan los peces grandes y solo entran en ella los peces pequeños, algo totalmente contradictorio.

Otro dato muy revelador es el presupuesto norteamericano de armamento, que se cifró en el año 2011 ni más ni menos que en 607 000 millones de dólares solo en Estados Unidos. Parte de esos fondos, por supuesto, dedicados a actividades secretas. Con todos estos datos y algunos más que se nos escapan, el lector quizá deduzca que sí pueden existir presupuestos de dinero negro desviado a un programa espacial paralelo totalmente secreto.

La zona oscura

Hemos hablado sobre el gobierno en la sombra y los enormes presupuestos para poder efectuar ese programa paralelo. Pero, evidentemente, hace falta una ubicación donde construir todas esas infraestructuras sin que nadie pueda tener acceso visual a lo que allí está sucediendo. Desde luego, esas zonas existen, y una de ellas es la llamada Área 51.

La Fuerza Aérea de los Estados Unidos comenzó a utilizar en 1941 la base de Groom Lake, conocida como Indian Springs. Por aquel entonces, estaba compuesta por dos largas pistas de aterrizaje para las prácticas de los bombarderos. En el año 1955 ya era utilizada por los servicios de inteligencia en programas como, por ejemplo, el proyecto Aquatone, el programa Oxcart y el programa Tagboard, todos ellos proyectos para el desarrollo de ingenios secretos de alta tecnología vinculados a las Fuerzas Aéreas.

La zona en cuestión es tan secreta que incluso los mapas topográficos que ofrecía el Servicio Geológico de los Estados Unidos solamente mostraban en ella la mina abandonada de Groom. Asimismo, con contadas excepciones, como un expediente de la CIA que en 1967 hacía referencia a esa misteriosa área, son muy pocas las referencias existentes en los documentos oficiales sobre el Área 51. La zona es tan reservada que, en enero del año 2006, el historiador espacial Dwain Day publicó un artículo titulado «Los astronautas y el Área 51: el incidente Skylab», donde cuenta que, en los años setenta, los astronautas residentes en el laboratorio espacial tenían totalmente prohibido fotografiar dicha área. Lo cierto es que en la actualidad, y gracias al programa Google Earth, podemos ver lo que hay en la zona, pero muy posiblemente lo más interesante se encuentre bajo tierra, debido a que los soviéticos en los años sesenta disponían de sus propios satélites espía, lo que obligó a construir todas las instalaciones bajo tierra para evitar que la zona fuese escaneada por el enemigo.

En los comienzos, el Área 51 estaba formada por una superficie rectangular de diez kilómetros de ancho por 16 de largo. En la actualidad, y según las últimas ampliaciones, ocupa una inmensa extensión de terreno que tiene 37 kilómetros de ancho por 40 kilómetros de largo; el espacio aéreo y las comunicaciones por tierra están totalmente restringidos y se utiliza la más alta tecnología para detectar cualquier forma de intrusión.

Como vemos, es posiblemente el área más secreta del mundo. Sus instalaciones tecnológicas, según varios testigos, se encuentran a gran profundidad y sus accesos exteriores están perfectamente camuflados para evitar su identificación y ubicación. Han sido muchos los testigos que han tenido la oportunidad de ver fenómenos inusuales observados sobre el Área 51, como múltiples avistamientos de ovnis que efectuaban vuelos imposibles a gran velocidad, incluso con giros a 90°, algo imposible para la tecnología aeronáutica convencional.

Existen múltiples teorías, sacadas a la luz por diversas fuentes, que relacionaban esta área con civilizaciones no humanas, e incluso se llegó a decir que dentro de sus instalaciones se efectuaron reuniones conjuntas con extraterrestres; pero ese no es el tema que nos trae aquí. Lo cierto es que de sus instalaciones han salido los artefactos voladores más punteros que en estos momentos surcan los cielos, como por ejemplo el último modelo de Caza F-22. Como vemos, existe una zona en el mundo en la cual se puede estar utilizando tecnología que va 100 años por delante de nuestros sistemas tradicionales de propulsión. Podríamos hablarles de otras ubicaciones en el mundo, como por ejemplo Australia, Alaska u otros sitios donde, presuntamente, existen instalaciones secretas de alta tecnología.

Son muchos los informes llevados a cabo sobre la existencia de bases subterráneas. Ya en los años cuarenta, el aparato alemán descubrió que la única forma de producir y desarrollar armamento, sin que fuera detectado y destruido por el enemigo, era ubicándolo en instalaciones subterráneas situadas al noreste de Alemania, como Peenemünde, donde en el año 1942 se desarrollaron túneles de viento supersónicos preparados para diseñar una aerodinámica perfecta sobre aviones que pudiesen alcanzar ni más ni menos que Mach 4,4, cuatro veces la velocidad del sonido; y se produjeron los primeros misiles balísticos V-2, bajo el mando del ingeniero alemán Hans Kammler, quien fue encargado de diseñar, aparte de instalaciones militares subterráneas, campos de exterminio, cámaras de gas y crematorios.

Por consiguiente, podemos afirmar que el número de instalaciones subterráneas secretas desde la Segunda Guerra Mundial ha aumentado de manera dramática, según informes de geólogos, como el de Phill Schneider, fallecido en extrañas circunstancias, quien afirmó que la vasta red de instalaciones subterráneas que existen, solo en Estados Unidos, es en la actualidad inmensa; e incluso postulaban la posible existencia de túneles que las interconectarían, salvando miles de kilómetros de distancia, por los que circularían a gran profundidad trenes supersónicos en los que se desplazaría el personal autorizado.

Personal autorizado

Hemos hablado de los poderes ejecutivos por encima del Estado, del dinero negro que puede financiar tales proyectos y, por supuesto, de su ubicación geográfica. Pero queda una de las partes más importantes: el personal técnico autorizado.

Podemos tener todo el dinero del mundo y las mejores instalaciones del planeta, pero, si no disponemos de las personas adecuadas para hacer funcionar un proyecto secreto a gran escala, nunca obtendremos resultados. No es difícil suponer que numerosos científicos importantes han sido destinados a las instalaciones secretas de las que hemos estado hablando. Existen escasas filtraciones de información por parte de este personal científico y técnico. Muy posiblemente debido a las fuertes represalias a las que pueden ser sometidos. Pero lo que sí sabemos es que existe una larga lista de científicos muertos en extrañas circunstancias cuando estaban trabajando en tecnología avanzada. Un total de 88 científicos e investigadores fallecieron prematuramente o en circunstancias poco explicables, todos vinculados a proyectos científicos. Solamente en 1987, murieron 12 científicos, y aún hoy se desconocen las causas reales de su fallecimiento. No siendo una profesión peligrosa, llama la atención el que supere estadísticamente a la mortalidad en otras profesiones consideradas de alto riesgo, como sería, por poner un ejemplo, la de bombero. Como homenaje a estos científicos, vamos a citar brevemente algunos de los casos más sangrantes.

Por ejemplo, Keith Bowden, muerto a los 46 años. Era experto en programación científica por la Universidad de Essex y trabajó para Marconi Inc. en el desarrollo de supercomputadoras y aviónica controlada por ordenador. Falleció en un accidente automovilístico al chocar contra una vieja barrera de ferrocarril cuando circulaba por una carretera de doble carril. La policía aseguró que había bebido, pero la familia y sus amigos negaron dicha acusación. Veredicto: muerte por accidente.

Roger Hill, muerto en 1985 a los 49 años. Experto diseñador de radares que trabajó también para Marconi Inc., empresa dedicada a la tecnología militar. Circunstancias de la muerte: disparo de escopeta en su casa. Veredicto: muerte por suicidio.

El teniente coronel Anthony Godley, desaparecido en 1983 a los 49 años. Trabajó como jefe de la Unidad de Estudio en el Royal College of Military Science. Circunstancias de la muerte: desapareció misteriosamente en abril de 1983 sin dar ninguna explicación. Se le da por muerto.

Jonathan Wash, muerto el 19 de noviembre de 1985 a los 29 años. Experto en comunicaciones digitales. Trabajó para el GEC y el Centro de Investigaciones Secretas de la British Telecom, situado en Martlesham Heath (Suffolk). Circunstancias de la muerte: falleció a consecuencia de una caída desde la habitación de un hotel en Abidjan (África Occidental), mientras trabajaba en un proyecto para la British Telecom. Días antes, el señor Wash había confesado a personas de su confianza sentirse en peligro.

El 4 de agosto de 1986 murió Vimal Dajidhai a los 24 años. Era un experto ingeniero de *software,* responsable de los sistemas de control informático de los torpedos Stingray y Tigerfish, proyecto de la empresa Marconi On the Water System, en Croxley Green (Hertfordshire). Su muerte se produjo en extrañas circunstancias al caer del puente colgante de Clifton (Bristol), desde una altura de 74 metros. En el informe de la policía, se menciona una extraña punción hecha por una aguja en la nalga izquierda. Vimal Dajidhai tenía un futuro prometedor y había planificado cambiar de trabajo en la ciudad de Londres, decisión que solo conocían algunos de sus amigos más cercanos. En el momento de su muerte solamente le quedaba una semana de contrato con Marconi.

Arshad Sharif murió en 1986 a los 26 años. Experto en sistemas satelitales para la detección de submarinos. Se ató un extremo de cuerda al cuello y el otro, a un árbol. Subió a su coche y aceleró hasta que le sobrevino la muerte. Sharif había trabajado anteriormente también para la British Aerospace en los sistemas tecnológicos de guiado de armas. Veredicto: muerte por suicidio.

Richard Pugh murió en 1987, tenía 37 años y era experto consultor informático para el Ministerio de Defensa británico. Estaba especializado en comunicaciones digitales. Fue encontrado muerto en su casa con los pies atados, una bolsa de plástico en la cabeza y una cuerda atada alrededor de su cuello y su cuerpo. El veredicto fue, increíblemente, muerte por accidente.

No se sorprenda el lector de que el sistema considere que muertes de este tipo son accidentes o suicidios. En mis investigaciones he descubierto que, después de pegarse un tiro en la cabeza y esparcir los sesos por el habitáculo de un vehículo, algunos tipos conseguían milagrosamente lanzar el arma suicida a cientos de metros de distancia. O, como usted ha leído anteriormente, quienes al suicidarse son capaces de meterse dos tiros en el cráneo.

El sistema está diseñado de tal manera que, aunque usted pueda manifestar su incredulidad y ejercer su capacidad crítica con respecto a este tipo de sucesos, el tiempo hará que sean borrados de su mente y ¡fin de la historia!

Pero continuemos con la larga serie de fallecimientos de científicos y personal técnico que se produjo solamente en el año 1987, como muestra de la cantidad de muertes en extrañas circunstancias que, en muchas ocasiones, ni siquiera tienen repercusión mediática. Un ejemplo de esto puede ser lo que le ocurrió el 12 de enero de 1987 al doctor John Brittan, de 52 años, que por entonces realizaba una investigación secreta en el Royal College of Military Science de Shrivenhan (Oxfordshire) dependiente del Ministerio de Defensa. El señor Brittan, un mal día, poco después de regresar de un viaje de trabajo a los Estados Unidos, decidió meterse en su garaje, arrancar el vehículo y asfixiarse con monóxido de carbono. Veredicto: muerte por accidente.

David Skeels, quien en 1987 tenía 43 años y era experto ingeniero de la empresa Marconi, fue encontrado muerto en el interior de su coche, en el que había introducido una manguera previamente conectada al tubo de escape del vehículo.

En el año 1987, Victor Moore, de 46 años, también experto ingeniero de Marconi Space and Defense Systems, falleció de una sobredosis. Veredicto: muerte por suicidio.

El 22 de febrero de 1987, Peter Peapell, quien por entonces contaba con 46 años de edad, era un científico experto del Royal College of Military Science en el desarrollo de pruebas sobre la resistencia del titanio a los explosivos y el análisis informático de señales metaloides. Fue encontrado muerto, supuestamente por inhalación de monóxido de carbono, en el garaje de su casa en Oxfordshire. Fue una muerte tan sorpresiva que su mujer entró en estado de *shock* al encontrarlo en la parte posterior del vehículo, a los pies del tubo de escape, donde presuntamente había introducido su boca para inhalar los gases letales mientras el vehículo estaba arrancado. La policía, a su vez, también quedó desconcertada por la posición en la que fue hallado el cadáver. El caso nunca fue debidamente resuelto.

El 30 de marzo de 1987, David Sands, de 37 años, trabajaba para Easams of Camberley, una filial de Marconi en el condado de Surrey (Inglaterra). Conducía su coche cuando se dispuso a realizar un cambio de sentido y terminó chocando contra una cafetería abandonada. Se descubrieron diversas latas de gasolina en el lugar del accidente. No se pudo probar el suicidio como causa de la muerte. Veredicto: muerte por accidente de coche.

En abril de 1987 se ahogó George Kountis (se desconoce su edad). Trabajaba como analista de sistemas en la Politécnica de Bristol. Tuvo un accidente de coche y cayó al río Mersey. Veredicto: muerte por accidente de tráfico.

El mismo mes de abril de 1987 murió Shani Warren, de 26 años, asistente en una compañía llamada Micro Scope. Su cadáver fue encontrado en un pequeño lago de 45 metros de profundidad. Ahogado como George Kountis, ese mismo día. Warren llevaba una cuerda alrededor de su cuello, sus manos atadas a la espalda y sus pies, igualmente atados. Había sido contratado por la empresa Marconi cuatro semanas antes de su muerte. Veredicto: el caso sigue abierto. Se baraja la hipótesis de que se hubiera atado a sí mismo para, posteriormente, arrojarse al lago con la intención de suicidarse.

El 10 de abril de 1987 murió Stuart Gooding, de 23 años, estudiante de investigación de posgrado en el Royal College of Military Science. Tuvo un accidente de coche mientras estaba de vacaciones en Chipre. La muerte coincidió con unas prácticas que estaba llevando a cabo el Royal College en Chipre. Veredicto: muerte por accidente.

El 24 de abril de 1987 murió Mark Wisner, de 24 años, ingeniero de *software* en el Ministerio de Defensa británico. Fue encontrado muerto en la casa que compartía con dos colegas. Llevaba una bolsa de plástico en la cabeza, cinta aislante tapándole la boca. Habría muerto en idénticas circunstancias a las de Richard Pugh tres meses atrás. Veredicto: muerte por accidente.

El 3 de mayo de 1987 falleció Michael Baker, de 22 años. Experto en comunicación digital en un proyecto de Defensa en Plessey, era, además, miembro del SAS (Signal Corps). Tuvo un accidente fatal de coche al chocar contra un paso a nivel cerca de Poole (Dorset). Veredicto: muerte por accidente.

En junio de 1987 perdió la vida Frank Jennings, de 60 años. Era un ingeniero experto en armas electrónicas en Plessey. Murió víctima de un ataque al corazón. No se llevó a cabo ninguna investigación.

Como vemos, en 1987 una de las profesiones de máximo riesgo era ser científico y trabajar para los servicios de inteligencia o el departamento militar de alguna potencia. Pero el año 1988 también fue un año prolífico en muertes misteriosas de hombres brillantes que trabajaban en alta tecnología secreta. En reconocimiento a su labor y en su memoria, hablaremos muy brevemente de cómo perdieron la vida.

Russell Smith —contaba en 1988 con 23 años de edad cuando falleció— era técnico de laboratorio de investigación en el Departamento de Energía Atómica de Harwell (Oxfordshire). Lamentablemente, un buen día el señor Smith decidió terminar misteriosamente con su corta vida y brillante carrera lanzándose por un acantilado en Boscastle, en el condado de Cornualles. El veredicto fue muerte por suicidio.

El 25 de marzo de 1988, con 52 años de edad, Trevor Knight, por entonces ingeniero electrónico para la Marconi Space and Defense Systems, en Stanmore (Middlessex), encontró la muerte en su casa en Harpenden (Hertfordshire), al introducir en el interior de su vehículo una manguera que previamente había insertado en el tubo de escape del automóvil. El señor Knight no escribió una, sino tres notas de suicidio en las que dejó claras sus intenciones.

Nadie cercano a Knight pudo entender semejante acto; a pesar de que había reconocido públicamente que no le gustaba su trabajo, ni familiares ni amigos se habían percatado de ningún detalle que les hiciera temer la posibilidad del suicidio.

En agosto de 1988, Alistair Beckham, de 50 años, ingeniero de Plessey Defense Systems, fue encontrado muerto poco después de haberse electrocutado en una caseta que tenía en su jardín. Llevaba múltiples cables conectados a su cuerpo.

Por lo que se ve, el mes de agosto de 1988 fue un mes peligroso para que los científicos de Defensa se acercasen a un cableado eléctrico. El 22 de agosto, Peter Ferry, de 60 años, general de brigada retirado y subdirector de *marketing* para Marconi, fue encontrado muerto en el piso que la compañía le había facilitado como vivienda al haberse electrocutado con unos cables eléctricos que introdujo en su boca.

Pero el monóxido de carbono sigue siendo la causa de muerte más común para los científicos de Defensa, como Andrew Hall, gerente de ingeniería para la British Aerospace, quien en septiembre de ese mismo año murió a los 33 años intoxicado por monóxido de carbono. Había introducido en el coche una manguera que estaba previamente conectada al tubo de escape.

Ese año se llevaría también por delante la vida de Stanley Irving Seagal, a los 35 años de edad. Trabajaba para la fábrica Merck en avanzadas investigaciones sobre el sida. Un nefasto día, el señor Irving decidió tomar el avión de Panamérica que más tarde fue derribado sobre Lockerbee (Escocia). Se da la macabra circunstancia de que se sentó en la fila número 13. Pienso que durante aquel año, siendo científico, lo peor que podía pasarte era viajar en avión y que te asignaran la fila número 13. Sobre el accidente de Lockerbee podemos asegurar que existen muchos aspectos que aún no han sido explicados, pero estos darían para otro libro.

La enumeración continúa hasta un total de 88 científicos de alto nivel que murieron en trágicas circunstancias. Solamente entre el año 2000 y 2004 fallecieron 54 científicos que trabajaban en investigaciones secretas. Como vemos, hay suficientes razones para que los hombres de ciencia que trabajan en proyectos secretos, y en especial para el Departamento de Defensa o Inteligencia, mantengan sus actividades profesionales en el más absoluto secreto, pues en ello les va la vida.

Les contaré una anécdota que tuve la ocasión de escuchar a un periodista británico de fama mundial, cuyo nombre es David Icke, y por el que siento gran admiración. El señor Icke cuenta que, en 1997, mientras efectuaba una gira de conferencias por Estados Unidos, tuvo la oportunidad de conocer a un tipo peculiar en una de ellas. Aquel hombre se dirigió discretamente a Icke y en la conversación que mantuvo con él le indicó que trabajaba para la CIA. Posteriormente, mantuvieron una entrevista personal en la que el sujeto le aseguró a Icke que había entrado en el servicio de la CIA en su juventud, porque pensaba que de esa manera iba a ayudar a su país. Era experto en magnetismo y, con el paso del tiempo, se dio cuenta de que su actividad dentro de la agencia de inteligencia no era tan honesta y patriótica como inicialmente pensaba. Era consciente de que sus actividades servían a fines muy oscuros y decidió contactar con el señor Icke para relatarle su desagradable experiencia personal. Icke le preguntó que por qué seguía trabajando para aquella organización si se encontraba descontento. En ese momento, el hombre se desabrochó la camisa y le mostró a Icke un extraño parche del tamaño de un sobre, plastificado, que tenía adherido a su pecho. A través del parche se podía ver un extraño líquido anaranjado que había en su interior. Señalándolo, añadió que esa era la causa principal por la que no abandonaba. Este hombre declaró que, cuando se dio cuenta de que no estaba trabajando para unos fines tan humanitarios como él esperaba, intentó rebelarse negándose a seguir colaborando con ellos. Pero un día salió de su casa y..., no recordaba nada más. Despertó en una habitación, estaba tumbado sobre una camilla y notó una extraña sensación sobre el pecho. Cuando se desabrochó la camisa, descubrió que alguien le había colocado ese extraño «parche» que contenía el líquido ámbar. Aparentemente, la CIA denomina así a «eso» y, cuando «parchean» a alguien, consiguen manipularlo para que haga todo lo que se le pide. Cosa que los parcheados hacen, ya que, si no, no podrán reemplazar el parche, que contiene una droga necesaria para su supervivencia, cuando el líquido se agote. Si no se renueva el parche, la muerte es muy dolorosa y angustiosa.

Este hombre lo había experimentado en sus propias carnes, ya que intentó rebelarse cuando ya se lo habían puesto, y no se lo reemplazaron. Al sufrir las terribles consecuencias por la falta de esa extraña droga ámbar, se replanteó volver a trabajar y mantener la disciplina impuesta. Solo entonces volvió a ser parcheado. Le detalló a Icke que la duración del efecto del parche era de 72 horas. Además, le aseguró que existe un gran número de científicos repartidos por todo el mundo, incluso en bases subterráneas, que están parcheados. Si deciden no poner su inteligencia al servicio del «plan», se les retira inmediatamente el parche. Incluso este científico comentó que llegó a padecer cáncer y, como era necesario para seguir trabajando en el proyecto que la CIA tenía en marcha, le suministraron un misterioso suero que le curó. Este fármaco, por supuesto, no está a disposición de la población normal.

Como vemos, todo está tan perfectamente organizado dentro de las estructuras de inteligencia y los centros de desarrollo científico militar que es muy complicado salirse de esa estructura sin sufrir las consecuencias. Y hasta aquí llega lo que sabemos. El problema es que estamos convencidos de que detrás hay muchísimo más que desconocemos porque, solo a través de las fisuras del grueso búnker, se producen contadas filtraciones de información secreta de las estructuras antes mencionadas, que nos permiten ver una pequeña porción del sombrío paisaje que se encuentra detrás de lo que todos nosotros percibimos como la realidad, pero que no es más que una mera percepción.

Por consiguiente, vemos que puede existir una estructura de poder con ingentes recursos económicos y humanos y, sin embargo, ser totalmente invisible a los ojos de los medios de comunicación. Eso es algo que conocía perfectamente John Fitzgerald Kennedy, quien, ya dos años antes de ser asesinado, el 27 de abril de 1961, dio un extraño discurso ante la American Newspaper Publisher Association, intentando concienciar a los medios de comunicación sobre una terrible conspiración que estaba acechando los poderes del Estado y de la que él tenía constancia. En aquel discurso pronunció las siguientes palabras[44]:

> Quiero hablarles hoy de nuestras responsabilidades comunes frente a un peligro común. Los acontecimientos de las pasadas semanas puede que hayan arrojado algo de luz a algunos; pero las dimensiones de esta amenaza han emergido en el horizonte desde hace muchos años. Sean cuales sean nuestras esperanzas para el futuro, eliminar esta amenaza o vivir con ella, se entiende como un camino sin escapatoria por el que tendremos que caminar, dada la gravedad que su desafío supone para nuestra supervivencia y seguridad, un desafío al que debemos hacer frente de inusual manera en cada esfera de actividad humana.
>
> Este desafío fatal impone a nuestra sociedad dos ámbitos en los que debemos involucrarnos. Uno, la prensa, y otro, el propio presidente. Sé que estos entornos pueden parecer contradictorios, pero debemos reconciliarnos para lograr vencer este peligro nacional. Me refiero, en primer lugar, a la necesidad de informar al gran público sobre ello. Y en segundo lugar, la de mantener importantes cuestiones oficiales en secreto.
>
> La sola mención de la palabra «secreto» debe ser repugnante en el contexto de una sociedad libre y abierta. Nosotros somos personas

44. Véase: http://www.jfklibrary.org/Research/Research-Aids/JFK-Speeches/American-Newspaper-Publishers-Association_19610427.aspx.

> que, inherente e históricamente, nos hemos opuesto a las sociedades secretas, a los juramentos secretos y a los procedimientos secretos. Decidimos hace ya tiempo que los peligros de ocultar hechos de importancia eran injustificados, puesto que tenían mucho más peso los peligros que acarrea justificar ese secreto. Incluso hoy en día, hay poco valor para resistirse a la amenaza de una sociedad cerrada mediante la imitación de sus restricciones arbitrarias.
>
> Se requiere un cambio de visión, un cambio de táctica, un cambio en las misiones por parte del gobierno, el pueblo, cada hombre de negocios o líder sindical y cada medio de comunicación. Porque una conspiración rígida y despiadada alrededor del mundo está en contra de nosotros y confía, primeramente, en medios ocultos para expandir su esfera de influencia: en la infiltración, en lugar de la invasión, en la subversión, en lugar de las elecciones, en la intimidación, en vez de la libre elección, en las guerrillas de noche, en lugar de los ejércitos de día. Es un sistema que ha reclutado grandes cantidades de recursos humanos y materiales para construir una máquina muy bien soldada y altamente eficiente que combina operaciones militares, diplomáticas, de inteligencia, de economía, científicas y políticas.

Se da la circunstancia de que, diez días antes de ser asesinado en Dallas en 1963, Kennedy exigió a John McCone, director de la CIA por aquel entonces, que le mostrara documentos altamente confidenciales con respecto a expedientes ovni. Concretamente, fue el 12 de noviembre de 1963 cuando está fechada esta petición. Asimismo, es enviado un segundo requerimiento al administrador de la NASA, James E. Webb, en el que le expresaba la conveniencia de cooperar con la antigua Unión Soviética para efectuar actividades espaciales conjuntas. Los documentos fueron previamente desclasificados gracias al Acta de Libertad de Información, y recopilados por el profesor William Lester. El memorándum fue enviado el mismo día que la solicitud en la que mostraba su interés por el asunto ovni, por lo que deducimos que Kennedy tenía un especial interés sobre el tema. Desconocemos de dónde proviene dicho interés, pero desde luego para él era de vital importancia.

Otro acontecimiento inusual fue la reunión que días antes mantuvo con el anterior presidente de Estados Unidos, Dwight Eisenhower. Una reunión que duró poco más de una hora y de la que no trascendió absolutamente nada, pero sus colaboradores cercanos comentaron que de ella el presidente salió muy apesadumbrado, como si le hubiesen revelado algún hecho inesperado de vital importancia.

Y como todo el mundo sabe, cuando John F. Kennedy visitaba Dallas, el 22 de noviembre de 1963, a las 12:30 horas de la mañana, fue tiroteado en el coche presidencial, vehículo que, desde luego, hoy en día nunca utilizarían nuestros actuales políticos, aunque Kennedy no parecía tener miedo. Actualmente se usan coches blindados, que pesan varias toneladas, con una coraza prácticamente indestructible. Suponemos que su temor es mayor que el de Kennedy. Pero dejando este tema y volviendo al asesinato de Kennedy, en este libro no trataremos sobre la conspiración de su magnicidio, del cual se han escrito cientos de miles de hojas y, desde luego, aquí no aportaríamos nada nuevo. Solo deseo apuntar que la versión oficial presentada por la Comisión Warren sobre la teoría de un asesino solitario es, sencillamente, insostenible.

Por consiguiente, podemos pensar que hay poderes que operan en la sombra y están por encima del presidente de Estados Unidos y del resto de presidentes del mundo; poderes que manejan vastos recursos económicos, disponen de enormes recursos humanos y técnicos y, por supuesto, tienen un control absoluto de la información que, en la sociedad actual, es como decir que tienen el control de todo. Incluso Sun Tzu, general chino de hace 2500 años y autor de la magistral e inmortal obra *El arte de la guerra,* afirmaba en sus escritos que la información era vital para poder ganar un conflicto bélico y hacerse con el control de cualquier reino.

La pregunta que surge después de conocer todo este entramado de poder es: ¿quién se sienta detrás del trono y ejerce más poder que los más poderosos emperadores sin que nadie se percate de ello? Responderemos en las páginas siguientes.

CAPÍTULO 7

QUIÉN SE SIENTA DETRÁS DEL TRONO

Desde nuestra perspectiva humana, nosotros pensamos, inocentemente, que el poder reside en el pueblo y que este lo delega en un grupo de representantes políticos a través de procesos democráticos establecidos por unas reglas constitucionales. Pensamos que el máximo representante dentro de una sociedad democrática puede ser el presidente o el primer ministro, o incluso un secretario general, como es denominado en algunos países. Estos representantes, desde nuestra perspectiva, deberían ser lo suficientemente independientes como para que cada medida que tomaran fuera en beneficio de la sociedad que le erigió y para la que trabaja. En cambio, nos damos perfecta cuenta de que prácticamente todos los grandes aurigas de estos pueblos democráticos operan contra los intereses sociales y en favor de intereses privados.

Evidentemente, esto nos hace pensar que existen fuerzas por encima del presidente que no han sido democráticamente elegidas, y cuyo poder reside únicamente en la información que manejan y los capitales de que disponen. Esas fuerzas son capaces de actuar para doblegar a un presidente, haciendo que este ejecute, por ejemplo, medidas para desmantelar la Seguridad Social, empeorar la educación pública en beneficio de la privada, o incluso el envío de tropas y material bélico en campañas militares ubicadas en lejanos países exóticos, donde no se nos ha perdido absolutamente nada.

Después de todo esto, podemos ver claramente que los llamados «procesos electorales» no son más que un *show* con el que se pretende convencer a la población de que el poder emana de las urnas, cuando, en realidad, lo único que hacen las urnas es cambiar las caras, pero mantener los objetivos de esas siniestras fuerzas. Históricamente, esas fuerzas que operan detrás del presidente han estado íntimamente relacionadas con dos sectores en concreto: la religión y la banca, que son el principal eje sobre el que giran muchos países occidentales.

Como dijimos al principio, en el origen económico hace miles de años, estas dos fuerzas que son la religión y la banca estaban fusionadas, y debido a la incompatibilidad moral que, presuntamente, existe entre ambas, fueron desligadas para dar más credibilidad a sus actos, supuestamente honestos. Por consiguiente, nos damos cuenta de que la aparición del dinero estuvo vinculada con los primeros movimientos religiosos, en los que se adoraba a exóticos y caprichosos dioses que jugaban con el ser humano a su conveniencia. Esas entidades suprahumanas serán un asunto que trataremos más adelante, ya que son parte fundamental de este documento, el punto donde queremos llegar. Pero añadiremos que esas entidades llamadas «dioses» seleccionaban entre sus pueblos a sus aurigas y reyes, quienes desde la más remota antigüedad se creían los elegidos por derecho divino, y sostenían que había sido el propio Dios quien había seleccionado a su estirpe para dirigir los designios de los pueblos a los que gobernaban. Estos ungidos por Dios los encontramos en todas las religiones, y en muchas ocasiones, los «elegidos» tienen en sus orígenes genealógicos la llamada «sangre divina», ya que en sus comienzos dinásticos fueron engendrados por una especie de hibridación con los propios dioses. Por poner un ejemplo, el rey de los francos, Meroveo, nació de la unión de su madre, Clodion, y el ser marino con tintes reptiles, Quinotauro.

Otro ejemplo claro lo encontramos en Abraham, quien fue el primero de los grandes patriarcas del pueblo de Israel en ser elegido por Dios, curiosamente, sin que pudiera tener descendencia, ya que su mujer Sara era estéril. Como indica la antigua tradición, cuando Abraham y Sara ya tenían una edad avanzada, Jehová, pese a la ancianidad de Sara, hizo que esta concibiese a Isaac. Es como si hubiese utilizado a la pobre Sara a modo de incubadora de la estirpe real. Curiosamente, su hijo Isaac parece ser que tuvo problemas semejantes con su esposa Rebeca, a quien nuevamente Jehová permitió que diese a luz a los 60 años de edad, concretamente, a dos hijos gemelos cuyos nombres eran Esaú y Jacobj. Y ocurrió una vez más lo mismo al nieto de Abraham, Jacobj, ya que también su esposa Raquel era estéril.

Como vemos, era como si a aquel dios le gustase esterilizar y desesterilizar a las mujeres de los aurigas, posiblemente para llevar a cabo fecundaciones divinas que dejarían una impronta genética que quizá haya llegado hasta nuestros días. Pero continuemos con más ejemplos.

Según la historia bíblica, Manoa, miembro de la tribu israelita de Dan, se casó con una mujer de nombre Hazelelponi, según la tradición popular. Esta mujer también era estéril y también fue elegida por Jehová, y a través de un ángel le permitió concebir a uno de los más importantes personajes del Antiguo Testamento: Samsón, juez y gran guerrero, cuyas gestas señalan los textos bíblicos. De nuevo Dios eligió a una mujer para que trajera al mundo a un ser excepcional.

Jehová continuó con su estrategia fecundadora para que naciera uno de los principales personajes históricos: el profeta Samuel, sacerdote y último juez de Israel, importantísima figura en la historia de la humanidad que, curiosamente, también fue engendrado por una mujer estéril, Ana. Samuel estaba tan cerca de Dios que incluso las Escrituras afirman que siempre se encontraba acompañado por Él, y fue tan poderoso que eligió al primer rey de los israelitas, Saúl, como predecesor de David, que a su vez también fue predecesor del gran rey Salomón, quien cambiaría toda la historia del mundo conocido.

Pero si nos parecían reveladoras las prácticas de inseminación o hibridación que Jehová hacía sobre su pueblo elegido, no lo es menos lo que le ocurrió al sacerdote Zacarías, contemporáneo de Herodes, quien tenía una mujer que se llamaba Elisabet, que también era estéril. Estos dos personajes, ya con edad muy avanzada, recibieron nuevamente el milagro del «magnánimo» Dios, quien envió un ángel para visitar a Zacarías en el templo de Jerusalén y le confesó que le permitiría tener descendencia. Pese a la avanzada edad de su mujer, esta dio a luz a otro importantísimo personaje en la historia del judaísmo y del cristianismo, que fue Juan el Bautista, un personaje importante, precursor de Cristo, profeta y hacedor de prodigios, por supuesto, por la gracia «tecnológica» de su señor Jehová. Pero no menos curioso fue el nacimiento del propio Cristo, quien nace de una mujer virgen, cuyo marido, José, de avanzada edad, no pudo engendrar descendencia, problema al que, por supuesto, Jehová nuevamente puso solución fecundando un óvulo de esta mujer con información genética «divina», algo que permitió al propio Jesús obrar todos esos prodigios y milagros que efectuó a lo largo de su vida, así como las profecías que realizó. Todo esto incluso nos da pie a pensar que Jehová era capaz de viajar en el tiempo y soplarles a sus híbridos o semidioses acontecimientos del futuro.

Por supuesto, la intervención divina no solo se centró en Oriente Medio y Occidente. Sus labores de hibridación y fertilización también fueron efectuadas en numerosas partes del mundo. Por poner un ejemplo, hablaremos del principal avatar del hinduismo, Krishna, de estirpe real; y según la leyenda, medio humano medio divino. La madre de Krishna fue Devaki, pero podemos leer en los textos que el óvulo fecundado de Devaki fue transferido a Vasudeva, la mujer de un pastor. Así pues, el laboratorio ginecológico de los dioses hinduistas también se puso en marcha para cambiar el rumbo de la historia humana. Pero sigamos con esta sorprendente lista de semidioses.

Por supuesto, en ella está el principal exponente de la filosofía budista, Buda, cuya concepción también fue auspiciada por los dioses. Su madre, Maya, tenía recurrentes sueños con un elefante blanco de seis colmillos que «entraba» por su costado derecho. A los diez meses de este sueño, nació Sidharta Gautama para cambiar, una vez más, el destino de millones de seguidores de esta filosofía oriental.

También los dioses seguirían su ardua labor de hibridación en África, la cuna de la humanidad. Incluso la tribu de los dogones, en Mali, afirma que su rey fue creado por una raza sobrenatural de entidades cuyo nombre era Zishwezi, que significa «aquellos que se mueven en el cielo y en el agua». Las antiguas tradiciones zulúes en Sudáfrica fueron reveladas a Occidente por un importante chamán, cuyo nombre es Credo Mutwa. Según sus palabras, muchos reyes y jefes tribales tenían origen divino, y la mayoría de ellos habían sido engendrados por una extraña raza reptil. Así le ocurrió a la princesa zulú Khombecansino, quien fue suplantada por un «imbulu», que, según las antiguas tradiciones zulúes, es una especie de lagarto semihumano capaz de transfigurarse. Un apuesto príncipe, cuyo nombre era Kakaka, que quiere decir «el iluminado», finalmente se libró de ese reptil suplantador gracias a una estratagema que pudo urdir su madre.

Según las antiguas leyendas zulúes, el ser humano vivía en paz y tranquilidad hace muchos eones, tiempo en el cual no hablaban emitiendo ruidos, sino que se comunicaban telepáticamente. Las relaciones que los humanos tenían con la naturaleza eran muy simbióticas, sin la depredadora agresividad que la ambición ha impuesto al ser humano. Por entonces, los hombres y las mujeres vivían felices.

Un mal día para la humanidad, unos extraños seres vinieron a la Tierra. Según los zulúes, llegaron en terribles barcos con forma de cuenco que volaban por el aire, haciendo un espantoso ruido y emitiendo un terrible fuego. Esos seres que sometieron a los humanos fueron llamados Chitauri. Tenían forma homínida con aspecto reptil, pero su altura era mucho mayor y estaban dotados de una larga cola y penetrantes ojos amarillentos y brillantes. E incluso algunos de ellos disponían de un extraño tercer ojo en el centro de su frente. Estos seres con aspecto reptil privaron al ser humano de una serie de capacidades naturales como, por ejemplo, la telepatía, la capacidad de mover objetos con la mente, el don de la visión futura y pasada y la destreza de acceder espiritualmente al plano astral y viajar a diferentes mundos. Sin embargo, los Chitauri entregaron al ser humano un desconocido poder que hasta entonces no tenía: el poder de la palabra.

Al poco tiempo, los seres humanos se dieron cuenta de que el poder del habla, entregado por los Chitauri, los dividía y creaba conflictos, disputas e incluso guerras entre ellos; situaciones desconocidas para los humanos de entonces.

Como el lector ya se habrá dado cuenta, el mito de la Torre de Babel se da a miles de kilómetros de distancia en el espacio y miles de años en el tiempo.

Los Chitauri entregaron reyes a los seres humanos para que los guiaran. Según los propios Chitauri, eran sangre de su sangre, algo que incluso recogieron las antiguas tradiciones sumerias, que llaman a estos mestizos los «lulu», que quiere decir híbrido entre dios y humano. Estos aurigas dirigían naciones, arrastraban a su gente a las peores guerras y originaban las más mezquinas desgracias. Es evidente que la llegada de los Chitauri supuso la división humana, anteriormente inexistente, porque el ser humano hasta ese momento era un ser espiritualmente unido.

La espiritualidad es un valor que, desgraciadamente, nuestra sociedad no cultiva. Nuestro modo de vida nos aleja profundamente de la trascendencia humana y nos ciñe al materialismo y a los problemas cotidianos. Es fácil darse cuenta de cómo las políticas y las leyes existentes desde hace cinco mil años se han fijado como meta el control de la conducta humana y la llamada «moralidad social», pero en ningún momento han favorecido el desarrollo de la espiritualidad. Ya el códice de Hammurabi, entregado por el dios Shamash al rey Hammurabi hace 3770 años, incluía normas morales de conducta y comportamiento social, pero ese dios no estableció el cultivo de la espiritualidad en el ser humano.

Han pasado miles de años y vemos cómo hoy en día los modelos educativos que se imparten a nuestros niños incluyen códigos éticos o cristianos que denominan «espiritualidad» a comportamientos tales como el compartir, ser pobre, honrado, diligente...; en sí mismos están bien, pero omiten factores tan importantes como el autoconocimiento, la relajación, la meditación, el control emocional, mientras que sí fomentan la represión sexual, que a la larga produce en el hombre o mujer adultos unas disfunciones y carencias que, en algunas ocasiones, se transforman en miedos, debilidades, dudas y paranoias que el sujeto arrastra durante toda su vida y que favorecen esa esclavitud psicofísica tan deseada por los poderes y los oligarcas que nos han sido impuestos por esos dioses.

Y es que hay una cosa que el nuevo orden mundial sabe muy bien: las sociedades espiritualmente evolucionadas son, sencillamente, ingobernables, pues el sujeto modifica la escala de valores ofrecida por el sistema para ajustarla a otras necesidades más adecuadas a su propia evolución. Evidentemente, eso crea un cisma entre lo que yo «debo» hacer y lo que la sociedad y el Estado me imponen con el fin de crear sujetos carentes de espiritualidad y muy fácilmente manipulables.

El modelo está tan perfectamente adaptado a esos intereses fácticos que incluso el individuo no se revela contra algo que desconoce, sino que defiende ese obsoleto modelo de conducta rechazando aquellas ideas que no se ajustan a los cimientos con los que su moral fue forjada. Y es que los cimientos del ser humano, que nacen de su infancia y que arrastra durante toda su vida, han sido modificados hasta tal punto que incluso el Parlamento Europeo, a través de una comisión especial, promueve la incorporación a la enseñanza de nuestros niños del llamado «espíritu empresarial»; y nosotros nos preguntamos qué espiritualidad puede existir en una entidad tan materialista como la empresa y cómo se puede utilizar la palabra «espíritu» en un contexto tan contradictorio, sobre todo viniendo de los llamados «sabios europeos» que redactan estos informes para que el Parlamento Europeo los avale.

Los dioses nos hacen competir

Si el lector es mínimamente observador, se dará cuenta de que nos han impuesto el llamado «modelo productivo», que no es más que una carrera de obstáculos que debemos superar a lo largo de nuestra vida para llegar a una jubilación, en ocasiones, indigna; ya que las nuevas leyes reducen los emolumentos económicos que nuestros mayores perciben de los Estados y, por otra parte, aumentan la edad de jubilación, de tal manera que el individuo llega deprimido y exhausto a esa meta final y, cuando mira hacia atrás, la mayoría de la veces se da cuenta de que el esfuerzo no ha merecido la pena, debido a la crueldad y dureza del camino y su falta de sustancialidad.

Siempre nos mantienen compitiendo, y para ello utilizan las matemáticas que sabiamente nos catalogan y nos ubican en el organigrama social. Ya desde niños califican nuestro trabajo con las llamadas «notas». En nuestros trabajos nos califican por nuestros salarios, nos asignan números y categoría social, designada también en números, correspondiente a una persona a la que mediante su DNI se le ha asignado un número que tiene que recibir esa cantidad económica en un número de cuenta, en una fecha determinada que también es otro número. Todos estos números competitivos nacen del artefacto que más almas ha destruido: el reloj. Números que infructuosamente intentamos alcanzar y que nunca conseguimos. Cuando nos levantamos a cierta hora para ir al trabajo, en el que entramos a determinada hora y, después de un tiempo, descansamos a otra hora concreta para que, finalmente, a la hora fijada en la jornada laboral, retornemos a casa, cenemos a otra hora determinada y después veamos el programa de televisión que tiene también un horario programado.

Como vemos, del mismo modo que el cruel dios Cronos, que en la mitología romana era Saturno, famoso por haber devorado a sus hijos para que no lo destronaran, nuestros cronos nos devoran día a día en una carrera que jamás ganaremos.

Todo esto es de sobra conocido por los dioses que nos impusieron ese modo de conducta como forma inconsciente de sometimiento. Por si fuera poco, nuestro tiempo de ocio también está determinado por la competición. Vemos cómo nuestro equipo deportivo preferido compite contra sus rivales o cómo, cuando hacemos una actividad deportiva, competimos contra otros sujetos o incluso contra nosotros mismos intentando mejorar nuestras marcas.

Asimismo, podemos observar cómo esta obsesiva competición a la que se ciñe nuestra vida prosigue cuando competimos con nuestros vecinos intentando tener mejores bienes materiales que ellos o cuando competimos en nuestros centros de trabajo, tratando de ser más eficientes y más productivos que nuestros compañeros. Incluso en nuestras vacaciones competimos por ir a un mejor hotel o por estar más cerca del mar cuando vamos a la playa o, a la hora de comer el bufet libre, donde alguien se nos puede adelantar y quitarnos el manjar que tanto nos apetece.

Esa competitividad impuesta es tan antiespiritual que incluso se da la circunstancia, ampliamente probada, de sujetos con capacidades extrasensoriales o un potencial para acceder a los llamados «planos astrales y estados de iluminación», quienes, cuando entraban nuevamente en el ciclo de la competitividad, veían cómo sus capacidades espirituales se diluían totalmente y casi era labor imposible volver a recuperar la magia perdida dentro de ese entorno tan antinatural que astutamente nos han impuesto.

En una ocasión tuve la oportunidad de escuchar a una muchacha que había tenido una ECM (experiencia cercana a la muerte). Esta mujer contaba cómo, después de haber sufrido un grave accidente y haber sido ingresada de urgencia para ser reanimada y operada rápidamente, en un momento determinado su corazón dejó de latir. Ella contaba cómo en ese preciso instante se pudo ver a sí misma y al equipo de doctores que la rodeaban intentando, infructuosamente, llevarla de nuevo a la vida; posteriormente, observó cómo penetraba en un túnel de luz por el que viajaba a gran velocidad. La muchacha añadía que nunca se había sentido tan bien y que durante aquel misterioso trayecto notaba que sus sentidos se exaltaban y, en un momento concreto, vio pasar toda su vida a una gran velocidad en algo parecido a una pantalla de cine. Ella recuerda también que, pese a que la retrospectiva era muy rápida, sentía cómo podía fijarse en todos los pequeños detalles de cada momento de su existencia, e incluso analizarlos, y se dio cuenta de que lo más importante habían sido las pequeñas cosas, frente a los grandes acontecimientos que socialmente consideramos como los hitos más relevantes.

Asimismo, ella recuerda cómo un ser que no pudo distinguir, pero que sintió que se trataba de un ser superior, le decía en ese momento que su vida se había centrado en competir en una carrera que jamás ganaría, y que había sido cegada por las grandes metas y se había perdido la belleza que nos proporcionan las pequeñas cosas. Posteriormente, ese ente le dijo que su momento aún no había llegado, que tenía cosas por hacer y debía volver. Así lo hizo, y dejó perplejos a todo el grupo de médicos y sanitarios que la rodeaban, quienes habían estado a punto de tirar la toalla al tratar de reanimarla.

Esta mujer cambió totalmente su forma de entender la vida y se volvió una persona mucho más humana, accesible y cercana de lo que antes era. También algo interior la llevó a acercarse al crecimiento espiritual, lejos de la llamada «religión tradicional».

Es fácil ver cómo la gran mayoría de las personas que experimentan una ECM pasan de ser sujetos ambiciosos a convertirse en personas generosas, de sujetos materialistas a personas desprendidas. De ser gentes egocéntricas a ser sujetos con un alto grado de humildad, porque parece ser que esa trascendencia espiritual les muestra la verdadera misión de sus vidas, que no es la de alimentar al sistema perpetuamente, sino la de evolucionar espiritualmente. Incluso he tenido ocasión de escuchar y leer que algunas de estas experiencias han proporcionado a algunos de estos sujetos cualidades tales como la percepción extrasensorial o la precognición, accesibles a muy pocos.

La magia del ahora

En el año 2014 se organizó una importante reunión de los principales chamanes de todo el mundo. Esa reunión se celebró en Alaska y fue promovida por la tribu de los aleut. Esta tribu tiene más de cuatro mil años de antigüedad y está asentada entre la parte más oriental de Rusia, las islas Aleutianas y la parte más occidental de Alaska. Sus miembros mantienen unas antiguas tradiciones, a pesar de haber sufrido la apisonadora del cristianismo, que los obligó a convertirse a esta religión. Buena parte de la tribu todavía cuenta entre sus miembros con importantes chamanes espirituales que velan por mantener las antiguas tradiciones de los aleut, cuyo significado es «comunidad».

A aquella reunión también acudieron los líderes espirituales de los indios hopi, los del pueblo maorí neozelandés, los ancianos *stony* de Canadá, la Sociedad del Bisonte Blanco de la Gran Nación Sioux, líderes del pueblo navajo e incluso monjes tibetanos. Todos ellos se reunieron para enviar un mensaje conjunto al «poderoso hombre blanco», con el fin de que recapacitase sobre su depredador modo de vida. Estos grandes sabios resumieron su mensaje con las siguientes palabras: «Los guardianes de la sabiduría dicen que el único lugar para encontrar el poder de la creación es estar presente en el momento del ahora. Si tenemos miedos, estamos proyectándonos hacia el futuro, en un punto que ni siquiera existe. Si sentimos culpa, es que estamos viviendo en el pasado, en las cosas que hicimos. Pero no estamos viviendo en el ahora. Todos los guardianes espirituales del mundo, desde los budistas hasta los islamistas, coinciden en que el poder auténtico reside en estar "aquí y ahora"».

Si nos damos cuenta, el hombre y la mujer occidentales están desubicados temporalmente. Nuestro modo de vida nos lleva constantemente a pensar en proyectos futuros y, cuando este futuro llega, como un pozo sin fondo, seguimos pensando en nuevos proyectos futuros. Asimismo, recorremos nuestra vida con una mochila de piedras que representa nuestro pasado, al que siempre recurrimos de forma constante y nuestros recuerdos nos proporcionan momentos de amargura y, como decían los grandes sabios, de culpa, pues son muy pocos y breves los momentos de felicidad que llevamos en esa mochila.

Esta magia ancestral de las grandes religiones casi olvidada, que apenas se conserva en los pequeños focos espirituales aún existentes en comunidades aisladas, nos conduce a un estado de superconsciencia donde la percepción de nuestro entorno y las sensaciones del momento son muy peculiares. Incluso el propio Buda afirmó que había alcanzado la iluminación en el estado presente.

La pregunta es: ¿a quién le interesa que nosotros, bajo ningún concepto, vivamos el momento presente y llenemos nuestra errática mente de pensamientos futuros y recuerdos pasados?

Como decían las antiguas enseñanzas budistas recogidas en el *Dhammapada,* la mente voluble e inestable es difícil de gobernar y el sabio la endereza como el arquero lo hace con la flecha. Nuestra mente, que siempre está vagando, ha llegado a un punto en el que, prácticamente, las decenas de miles de pensamientos diarios que tenemos vagan incorpóreamente en un mundo que no existe y que la someten a la inseguridad del miedo.

Obsérvese a sí mismo, intente revisar los pensamientos que ha tenido durante la última media hora antes de comenzar la lectura de este libro. Verá que en ningún caso se centraban en el ahora. Y es que las doctrinas más espirituales llegan a la conclusión inicial de que todo cuanto existe es creado por nuestra mente en el ahora y, si salimos de ese estado, nos volvemos marionetas en manos de fuerzas que no podemos controlar, debido a la inseguridad existente en nuestras vidas.

Pese a que las sociedades han avanzado notablemente en aspectos tales como la higiene, la tecnología y el conocimiento, nos damos cuenta de que estas cosas han venido de la mano de un aumento constante de problemas y responsabilidades que no son más que una forma de esclavitud. Y es que, en definitiva, aquellos seres que están por encima de nosotros y nos observan desde la cima de la montaña saben perfectamente que, inundando nuestra mente de todos esos artificios irreales, destruyen la poderosa magia que alberga el espíritu humano y nos someten a su esclavitud sin que nos percatemos de ello. Por consiguiente, al no tener percepción de esa esclavitud, en ningún momento reaccionaremos para eludirla.

Guardo un interesante episodio de mi vida que sucedió, concretamente, en el año 1983, cuando tenía 14 años. Recuerdo que aquel verano se impartían clases también por la tarde y en el aula en la que me encontraba, junto a otros 41 alumnos, el calor, sumado al tedioso discurso de aquel espeso profesor de Lengua, hizo que por unos instantes me quedara mirando su rostro mientras hablaba. Extrañamente, noté cómo sus palabras se volvían ruidos y entré en un estado muy difícil de explicar, pero lo intentaré resumir en las siguientes líneas.

Sentí cómo el tiempo comenzó a ralentizarse y, sin embargo, aunque parezca contradictorio, todo sucedía muy rápido. Empecé a notar una especie de conexión con el entorno de aquella clase, como si estuviese unido a todo: las sillas, las mesas, la pizarra, el lápiz... Me sentía muy bien, era agradable y aquella sensación parecía llevarme a algún sitio, como arrastrándome magnéticamente. Mientras tanto, mantenía mi mirada atenta a los movimientos de aquel profesor.

Recuerdo a la perfección que las cosas comenzaron a tener un sentido profundo y, dentro de aquella sensación de claridad absoluta, la propia clase dejó de tener importancia. Desconecté de la realidad ordinaria y entré en una realidad aumentada, intensa, dulce, diferente a todo lo que había sentido hasta entonces. En todo momento mantuve el control sobre mí mismo y, en un momento concreto, «regresé» a la realidad, dulcemente afectado por aquel sutil cambio en mi percepción del mundo.

Siempre me quedé con la duda de qué habría ocurrido si aquella experiencia se hubiese prolongado hasta el final. Asimismo, recuerdo que, en otras ocasiones posteriores que se produjeron durante aquellos años, pude volver a acceder a ese plano místico existencial, pero siempre lo hacía tan brevemente que jamás descubrí lo que había al otro lado de ese umbral que había abierto. Quizá había abierto la puerta mística del ahora, una puerta que atravesaban asiduamente los grandes maestros espirituales.

Con el paso de los años dejé de llevarme por aquel esporádico trance e incluso perdí la capacidad de recordar aquellas experiencias para poder volver a reproducirlas, y de todo aquello solo queda en mi memoria un agradable recuerdo que quedó grabado para siempre.

Quizá todo fue impulsado por la práctica de la meditación y la relajación profundas que solía hacer entre los 14 y los 16 años, durante las cuales intensas sensaciones que jamás había experimentado se apoderaban de mi conciencia, pero siempre consciente de ello.

Desgraciadamente, es una edad muy difícil para pensar en algo más que no sean los estudios, los amigos y las chicas. Quizá lo haya dicho en orden inverso, pero hoy me gustaría volver a revivir aquellos agradables momentos que la actividad frenética del día a día me impide recuperar. Si bien es cierto que, por aquel entonces, solía ser un ávido lector de libros que hablaban sobre meditación y poder mental. Estas lecturas me llevaron a profundizar en el conocimiento del budismo, filosofía que considero fundamental para quienes quieran iniciarse en este tipo de experiencias trascendentales.

Para aquellos que no lo sepan, Buda fue un sabio oriental en cuyas enseñanzas se fundó el budismo. Obtuvo la iluminación o trascendencia a los 35 años, cuando una noche decidió sentarse bajo una higuera jurando que solo se levantaría de allí cuando descubriese la «verdad». Pasó varias semanas debajo de aquel árbol y, tras 49 días de continuada meditación trascendental, obtuvo el llamado «bodi» o «despertar», tomando conciencia de una definitiva liberación. De hecho, su nombre original era Siddharta Gautama, Buda es un alias que quiere decir «el despierto» o «el iluminado».

Usted tiene unas capacidades que podríamos llamar «mágicas». Unas capacidades que en su niñez fueron adormecidas y que, posiblemente, si usted no lo remedia, jamás despierten. Como hemos visto, ese modelo educativo y social impuesto en nuestra niñez cimenta un edificio en el que obtener ese don mágico es, sencillamente, imposible. La magia creadora que el ser humano posee permanece a lo largo de nuestras vidas en estado letárgico. Es como si usted poseyese una gran fortuna, pero nunca disfrutase de ella y pasara toda su vida arañando miserablemente las pocas monedas que su esfuerzo psíquico y físico le otorgan en el trabajo diario. Al poner este ejemplo, créame si le digo que esto es así en el sentido más literal.

Ese poder secreto ha sido robado por los dioses reptiles de los que hablaremos más adelante y que están detrás de todas las líneas de este libro.

CAPÍTULO 8

EL PODER SECRETO

Como decía Rhonda Byrne en su magistral obra *El secreto,* somos poseedores de una magia capaz de obrar milagros. Una magia con la que podemos obtener todo aquello que hemos deseado a lo largo de nuestra vida: dinero, salud, felicidad, amor, etc. Básicamente, esa capacidad consiste en sentir aquello que deseamos como si ya estuviese en nuestra mano. Pero, claro, es muy difícil sentir salud cuando estás enfermo o sentir riqueza cuando vives en la miseria; algo que el propio Wallace Wattles reflejó en su obra *La ciencia de hacerse rico.* En ella explica exactamente el proceso que hay que seguir para alcanzar aquello que deseamos, utilizando esa capacidad divina que los humanos no conocemos por las razones antes expuestas.

Wallace Wattles, escritor estadounidense nacido en el siglo XIX, fue uno de los exponentes del movimiento Nuevo Pensamiento. Fue heredero de ese conocimiento transmitido parcialmente por Descartes, Spinoza, Leibniz, Schopenhauer, Hegel y Emerson, así como de toda la milenaria filosofía oriental que ya era conocedora de esta capacidad de obrar milagros que el ser humano posee. Pensamos que Wattles obtuvo, a su vez, parte de su conocimiento de los libros escritos por un abogado contemporáneo suyo llamado William Walker Atkinson, quien escribió obras tan sugerentes como *El Kybalión, Conócete, El poder regenerador* o *El poder personal.* La reputación del señor William Walker Atkinson quedó a salvo al firmar gran parte de sus obras con pseudónimos, en un intento de salvaguardarla de la forma de pensar burguesa de la Norteamérica del siglo XIX. Una de las grandes aficiones del señor W. Walker era el ocultismo, que lo llevó incluso a ser coescritor de *El Kybalión* junto con dos miembros de la Golden Dawn, sociedad a la que nunca llegó a pertenecer. Pero, remontándonos en el tiempo, podemos ver que Walker, inspirador de Wallace Wattles, quien a su vez inspiró a Rhonda Byrne, tuvo un maestro espiritual norteamericano, cuyo nombre era Phineas Quimby, líder del llamado Nuevo Pensamiento, fundado en la primera mitad del siglo XIX.

Quimby, uno de los siete hijos de un herrero, recibió poca educación, y en su juventud fue diagnosticado de calomelanos por su médico, enfermedad que le produjo podredumbre en los dientes. Pero Quimby era una persona muy curiosa, empezó a experimentar con sus propios mecanismos de autocuración y descubrió que las emociones intensas eran capaces de modificar el estado de su enfermedad.

Un momento crucial en la vida de Quimby fue cuando conoció a su maestro, Charles Poyen Saint Sauveur, nacido en el siglo XVIII y fundador del mesmerismo. Poyen hacía demostraciones del llamado «magnetismo animal» e impartía conferencias en las que exhibía las increíbles capacidades magnéticas que producía induciendo al trance a algunos de los voluntarios. El llamado «mesmerismo» se convirtió en un amplio movimiento cultural fuera de la religión establecida. Hablaba de una espiritualidad en la que se hacía hincapié en el logro de la armonía interior a través del autodesarrollo y de la exploración de los escondidos poderes de la mente humana, así como la trascendencia a los más altos poderes y planos espirituales. Por facilitar un dato al lector, le diremos que en la década de 1870, el mesmerismo llegó a alcanzar un total de 11 millones de seguidores. Como vemos, el «secreto» del que nos hablaba Rhonda Byrne, y que tantos millones de seguidores tiene alrededor del mundo, es algo que viene de muy lejos y que fue más popular, proporcionalmente hablando, en otras épocas para, poco a poco, ir cayendo en el olvido para volver a renacer cada cierto número de años. De hecho, el mesmerismo era profesado por las capas sociales más cultas y adineradas de la época.

Cada maestro, a su vez, ha tenido su maestro, el de Poyen fue Armand Marie Jacques de Chastenet, aristócrata francés que nació en 1751, fundador del mesmerismo y de la actual técnica de la hipnosis. Pero el propio Chastenet afirmaba que se ceñía a los métodos tradicionales de su maestro, Franz Anton Mesmer, un médico alemán que descubrió lo que hoy en día denominamos «la ley de atracción» o «el secreto», y que denominó «magnetismo animal».

Mesmer, como buen practicante de su propia filosofía, disfrutó en vida de una espléndida situación económica y llegó a ejercer como mecenas, ofreciendo al propio Mozart sus jardines para la producción de su primera ópera cuando el compositor tenía 12 años. Tiempo después, Mozart incluyó, a modo de agradecimiento, una curiosa referencia a Mesmer en su ópera *Così fan tutte*.

Los milagros de Mesmer fueron abundantes y muy populares en la Viena de mediados del siglo XVIII, lo que lo llevó a realizar curaciones cada vez más sorprendentes, hasta que un desafortunado día se propuso una meta demasiado difícil: intentar curar la ceguera a Maria Theresia von Paradis. Tras su fracaso, muy posiblemente motivado por su falta de fe ante tan magna obra, se vio obligado a abandonar Viena en medio del escándalo y se trasladó a París. Según cuenta Charles d'Eslon, médico de gran reputación profesional y social en el París de la época, Mesmer llegó a tener en Francia más pacientes de los que podía atender, pese a que la Real Academia de Ciencias de la Medicina no aprobó sus doctrinas. Incluso se cuenta que Mesmer llegó a magnetizar un árbol de su casa que curaba milagrosamente a aquellos pacientes que no podía atender o que tenían pocos recursos económicos. Mesmer afirmaba que la salud era un flujo eléctrico que recorría el cuerpo humano y que la enfermedad era un obstáculo que impedía el natural flujo de esta energía. Para curar, Mesmer utilizaba lo que él denominaba «actos de la naturaleza».

En 1784, Mesmer fue investigado por orden del rey Luis XVI, quien ordenó a nueve miembros de la Facultad de Medicina que estudiaran las prácticas que efectuaba su discípulo D'Eslon. Entre esos miembros, se encontraba el famoso químico Lavoisier, el médico Joseph-Ignace Guillotin, famoso por la invención de la guillotina, y el embajador estadounidense Benjamin Franklin, quien fue uno de los fundadores de la Declaración de Independencia de Estados Unidos en 1776, y cuyo rostro podemos ver hoy en día en los billetes de 100 dólares. La comisión, finalmente, no pudo determinar si la práctica de Mesmer funcionaba ni comprobar su teoría sobre el magnetismo animal. Así pues, concluyeron que no había evidencias de su ciencia, pese a haber curado a miles de personas. En 1785, tras abandonar París, el rastro de Mesmer desaparece y el resto de su vida es un misterio.

Como vemos, hace más de 200 años la ciencia ortodoxa ya se dedicaba a destruir cualquier nueva teoría beneficiosa para los seres humanos que fuera incapaz de comprender.

Crea tu realidad

Es posible que usted pueda pensar que todo este tipo de ideas sobre su potencial divino son fruto de la superchería o de la imaginación humana y que no obedecen a ningún hecho objetivo y mesurable. Nada más lejos de la realidad. Todo lo que usted tiene y le rodea ha sido creado por su mente, y es solamente su mente y espíritu el que puede otorgarle riqueza y éxito o pobreza y fracaso. Como ya dijimos anteriormente, las antiguas tradiciones reconocían este poder y el hombre occidental percibía la existencia de dicho poder, pero los hombres de ciencia ortodoxos rechazaron de plano su existencia. Lo cierto es que, en la actualidad, importantes experimentos e incluso pruebas científicas avaladas por importantes físicos demuestran que la realidad está forjada por nuestra mente y que el futuro lo escriben nuestros deseos.

En 1801, el célebre científico inglés Thomas Young, conocido por haber ayudado a descifrar los jeroglíficos egipcios a partir de la piedra de Rosetta, intentó demostrar que la luz era una onda, una frecuencia como la de la radio o la de los rayos X, los rayos gamma, etc. Para ello, diseñó una caja en la que había una serie de rendijas, las cuales, al pasar la luz por ellas, producían un patrón en la pared donde se reflejaba que, debido a la acumulación de electrones, podían determinar la naturaleza ondulatoria de la luz. Lo cierto es que el experimento que el señor Young llevó a cabo mostró que los electrones se comportaban como ondas y como partículas, dependiendo de la posición del observador, de tal modo que en un momento eran materia y en otro frecuencia. Por consiguiente, el observador influía sobre el resultado del experimento.

Pero fue recientemente cuando un físico francés llamado Jean Pierre Garnier Malet descubrió algo muy interesante. El ser humano tiene la capacidad de desdoblarse y vivir al mismo tiempo el presente, el pasado e incluso el futuro. A través de una serie de complejas ecuaciones, avaladas por diversos físicos europeos de prestigio e incluso algún premio nobel, detectó que el ser humano no dispone de memoria en su cerebro, sino que, sencillamente, cuando trata de recordar algo, su mente viaja al pasado y captura el dato. Si usted trata de recordar en estos momentos dónde ha dejado las llaves de su casa, verá que lo que ocurre en su mente es que se produce una retrospectiva del instante en el que usted deja las llaves o en el que usted las ve por última vez. Nuestro cerebro no archiva datos como un disco duro. La función de la memoria neuronal no es cierta. No almacenamos nada, sencillamente nos movemos en el tiempo. Pero más sorprendente fue el descubrimiento del señor Malet cuando se dio cuenta de que el futuro estaba determinado por nuestros deseos e intenciones; de tal manera que, cuando nosotros sentimos algo, creamos, literalmente, un futuro en la dirección de nuestros deseos y sentimientos, de modo que todo en el universo se alinea para que nosotros obtengamos aquello que deseamos.

De ahí que muchas personas, presas de sus miedos y temores, provoquen que estos se hagan realidad. Esto ocurre porque se desdoblan hacia el futuro y van abriendo un camino ligado a esos miedos que abre brecha en el futuro inmediato y, finalmente, ese temor termina siendo una catástrofe palpable en el presente. Asimismo, aquellas personas con gran seguridad en sí mismas que sienten que el éxito, la fortuna o cualquier otro deseo favorable las va a alcanzar, acaban por obtener esos resultados, que incluso en algunas ocasiones resultan, sencillamente, milagrosos.

La cultura popular ha plasmado este hecho en varios de sus refranes, como «a perro flaco todo se le vuelven pulgas», que quiere decir que alguien que está en la miseria atrae más miseria, porque la siente y la vive; o la llamada Ley de Murphy, que hace realidad un fracaso casi imposible, debido a que la persona afectada, pese a tener todas las posibilidades de obtener el éxito, se centra tanto en la remota posibilidad del fracaso que este se convierte en una realidad. Así pues, cuando los países o las organizaciones se sumen en una crisis, se crea una bola de nieve, y esa crisis económica, al ser sentida profundamente por los afectados, se retroalimenta, creando casi una imposible posibilidad de salir de ella.

Por supuesto, con esto no quiero afirmar que las crisis sean responsabilidad nuestra. Solamente pretendo constatar que alguien, por encima de los poderes que nosotros conocemos, domina bien esta dinámica y nos crea climas de bonanza o climas de pobreza, según sus necesidades, para que nosotros forjemos esa realidad viéndola y sintiéndola como tal.

Pero centrémonos en la demostración científica sobre nuestros viajes en el tiempo. Kornhuber, docente y médico jefe del departamento de Neurología del Hospital Universitario de Friburgo, y Deecke, uno de sus estudiantes que estaba haciendo un doctorado, estudiaron la iniciativa cerebral y su voluntad, y a raíz de estas conversaciones idearon una serie de experimentos para probar sus teorías. Intentaban demostrar la potencia eléctrica necesaria que el cerebro imprimía al músculo después de que este recibiese una orden. Seleccionaron un número importante de voluntarios, a quienes conectaron a una máquina de encefalografía capaz de medir en microvoltios la intensidad de la corriente eléctrica necesaria para mover el dedo índice cuando el sujeto recibía la orden de hacerlo.

Este encefalógrafo producía unas gráficas de intensidad eléctrica y tiempo de reacción. Lo que descubrieron Kornhuber y Deecke fue algo absolutamente sorprendente: el cerebro de los voluntarios que recibían aleatoriamente la orden de mover el dedo se preparaba hasta un segundo antes de recibir la orden y enviaba energía eléctrica antes de que la orden se produjese. Por causas desconocidas, el cerebro, inconscientemente, sabía que iba a recibir esa orden antes de recibirla, aunque los sujetos no eran conocedores del momento en el que la recibirían. De alguna manera, la mente era capaz de viajar al futuro, conocer lo que iba a suceder y preparar el presente antes de que los eventos se produjesen. El experimento fue tan revolucionario que hubo otros muchos investigadores y científicos que, desde 1965 hasta el año 2004, efectuaron test semejantes para constatar su validez. Por poner algunos ejemplos, les diré los nombres y las fechas de los científicos que han reproducido exitosamente tal experimento y han llegado a los mismos resultados:

- Dr. Bates (1951). Fracasó.
- Vaughan (1968).
- Shibasaki (1980).
- Dick (1989).
- Lang (1991).
- Tarkka y Hallett (1991).
- Kristeva (1991).

- Cui y Deecke (1999).
- Klein (2002).
- Eagleman (2004).

Solamente uno de los científicos fracasó. Fue el doctor Bates, en 1951, y eso fue a causa de que los encefalógrafos de la época no eran ni tan precisos ni tan sensibles como los que existían en 1965, cuando Kornhuber y Deecke hicieron nuevamente el experimento.

Pero más sorprendentes, si cabe, fueron otro tipo de experimentos efectuados por la doctora Marilyn Schlitz, antropóloga e investigadora, quien en el año 2011 efectuó una serie de ensayos que demostraron claramente la capacidad que tenemos de viajar al futuro. Para ello, seleccionó a un grupo de voluntarios a los que también colocó un encefalógrafo con el fin de medir sus tiempos de respuesta, pero en esta ocasión lo que hizo la doctora Schlitz fue situarlos frente a un monitor y mostrarles unas series de imágenes aleatorias que recogían tres tipos de contenidos: uno de ellos neutro, otro de ellos sexual y otro de ellos con imágenes impactantes. Descubrió que los seres humanos eran capaces de detectar qué tipo de imagen iba a aparecer en el monitor con hasta cinco segundos de antelación, ya que cada una de ellas generaba un tipo de señal en cada sujeto. Se llegó a la conclusión estadística de que las posibilidades de que fuese casual eran del 0,00003 %, con lo cual se demostraba que, efectivamente, podemos viajar en el tiempo.

Tan impresionantes fueron estos resultados que, recientemente, el doctor Rollin McCraty y sus colegas del Instituto HeartMath, en Boulder Creek (California), midiendo simultáneamente la conductancia de la piel, la frecuencia cardiaca y la actividad cerebral antes, durante y después del mismo experimento efectuado por Schlitz, descubrieron que los 26 participantes en el ensayo reaccionaron de la misma manera que había detectado la doctora Schlitz. Pero, además, dieron a conocer cosas tan curiosas como que el corazón era aún más rápido que el cerebro y que las mujeres reaccionaban más rápido que los hombres. Estadísticamente, las posibilidades casuales que el experimento mostraba eran del 0,05 % para el cerebro y el 0,001 % para el corazón. Se llegó, pues, a la conclusión irrefutable de que el resultado del experimento no pudo obedecer al azar o a la casualidad, sino que había hechos objetivos que demostraban una vez más que viajamos en el tiempo.

Estos son datos inequívocos que demuestran el potencial divino que el ser humano posee. Además, también tiene capacidad de percepción extrasensorial, telepatía y, por supuesto, precognición; así como potencial para acceder al mundo astral, lugar de crecimiento espiritual al que nos han impedido el paso.

Pero la gran pregunta es: ¿quién ha ido transformando y convirtiendo al ser humano en una máquina productiva para el sistema e improductiva para sí mismo?, ¿en un montón de huesos, carne y cerebro al servicio de ciertas entidades?, y cuando digo entidades me refiero a seres que trascienden la realidad que nosotros podemos percibir con los sentidos. Seres que pueden cohabitar con nosotros y que han sido identificados desde tiempos remotos. Entidades que algunos llamaban Arcontes, otros Jinas, otros se referían a ellos como los Chitauri, en algunas culturas se les llama Nagas..., pero, en definitiva, siempre se está hablando de lo mismo. En resumidas cuentas, seres infernales para nosotros, que controlan nuestros destinos e inhiben cualquier tipo de evolución espiritual humana; y es de ellos de quienes vamos a hablar ahora.

CAPÍTULO 9

REPTILES EN EL EDÉN

Nosotros, en nuestra simple percepción del universo, pensamos que estamos en la cima de la evolución universal. La ciencia no contempla otras criaturas que estén por encima de nosotros. Pensamos que la teoría evolutiva darwinista ha coronado como rey en el planeta Tierra al ser humano y pensamos que este pequeño mundo es enteramente de nuestra propiedad. Asimismo, tenemos la ilusoria percepción de que, situados en esa posición, los animales han sido puestos por la naturaleza para servirnos en el trabajo, o como alimento, inconscientes esclavos que se limitan a divertirnos, a hacer el trabajo duro y, por supuesto, a alimentarnos de su carne y vísceras. El peor fin para el que puede servir un ente vivo.

El mamífero ha llegado a la cima más alta: el ser humano, pero quizá se nos olviden algunos datos. El primer mamífero nació hace 170 millones de años, en el llamado Jurásico Medio, pero el primer mamífero que pudiésemos considerar homínido, un ser muy primitivo, cuyo nombre fue designado como «preaustralopitecos», surgió hace 6,6 millones de años. El primer «homo» apareció hace 2,5 millones de años y el primer *Homo sapiens* tiene una antigüedad máxima de 200 mil años. Como vemos, el mamífero ha tardado 170 millones de años en desarrollar la inteligencia, pero hay un dato fundamental. Nos olvidamos de unos parientes lejanos, con los que nuestra relación nunca ha sido buena, y estos parientes son los reptiles.

El primer reptil en la Tierra aparece hace 251 millones de años, en una época denominada por la paleontología como el Mesozoico, y el último gran reptil apareció hace 65 millones de años, en el Cenozoico. Como vimos, estos primos lejanos estuvieron ni más ni menos que 186 millones de años evolucionando, convivieron con los mamíferos durante 100 millones de años sin llegar a coincidir durante ese período con ningún predecesor del hombre actual. La dinastía reptil reinó en la Tierra 18 millones de años más que los mamíferos para, un buen día, de la noche a la mañana, desaparecer misteriosamente. Tuvieron muchísimo más tiempo que el ser humano para convertirse en inteligentes, y quizá llegaron a serlo.

Pero la desaparición de los dinosaurios siempre ha sido un auténtico misterio para la ciencia, que nunca llegó a entender correctamente cómo esa especie superadaptada al medio, de la noche a la mañana, dejó de existir, o por lo menos eso es lo que nos cuentan. Vamos a ver exactamente cómo la ciencia ha intentado tapar esa insostenible explicación con la llamada Hipótesis Álvarez.

Corría el año 1980 y un grupo de científicos, encabezados por el físico Luis Álvarez, descubrieron en unas muestras tomadas alrededor del globo que, en las zonas centrales de los periodos Cretácico y Terciario, hace 65 millones de años, justo el punto en el que nace el primer homínido, hubo una alta concentración de iridio. Después de investigar en numerosas ubicaciones, llegaron a la conclusión de que un enorme asteroide impactó en el golfo de México, creando un enorme cráter y produciendo un indescriptible cataclismo. Ese cráter está ubicado en parte dentro del llamado cráter Chicxulub, con el que el señor Álvarez intentó demostrar que ese impacto mató al 50 % de las especies planetarias.

La ciencia ortodoxa consideró que esta teoría, viniendo de un importante físico galardonado con el Premio Nobel, debía ser tenida en cuenta. De ahí que en la actualidad esté tan asentada que hasta los libros de texto la contemplen como un hecho cierto. Pero el señor José Álvarez nunca contó con los descubrimientos de Greta Keller.

La teoría Keller

Greta Keller es una paleontóloga veterana que se opone, radicalmente, a la aceptada teoría de la extinción de los dinosaurios por el impacto de un meteorito. Cuando Keller trabajaba como profesora de Paleontología y Geología en la Universidad de Princeton, investigó sobre el terreno las diversas muestras que contenían iridio, analizadas por el doctor Álvarez, y se llevó una gran sorpresa. Al parecer, el impacto del meteorito se produjo solo hace 300 mil años, según pudo constatar con la datación de ese material radiactivo; por consiguiente, existe un cisma entre los 65 millones de años que afirma el señor Álvarez y los 300 mil años según los cálculos de la señorita Keller, y realmente se ha constatado que las pruebas llevadas a cabo por Keller son fehacientes. Ella mantiene que los grandes dinosaurios desaparecieron del planeta por una feroz actividad volcánica que se produjo en aquella época y que acabó matándolos.

Como vemos, la ciencia no siempre se asienta sobre cimientos de hormigón, sino sobre teorías especulativas que le vienen bien porque se adaptan a sus intereses. Pero continuemos con los reptiles. La gran pregunta es: ¿qué fue lo que realmente mató a los dinosaurios?

Muchos paleontólogos, al descubrir restos fósiles, se percataron de que los grandes saurios tenían la mala costumbre de morir con la boca abierta, la cabeza hacia atrás y la cola curvada hacia la cabeza, como en un desesperado intento por respirar. Este tipo de fósiles es fácil encontrarlos en restos cuya antigüedad se remonta a 150 millones de años, y esa actitud de *rigor mortis* es debida al envenenamiento cerebral, quizá producido por la falta de oxígeno, y que solamente se ha podido encontrar en los grandes saurios. La pregunta es: ¿qué envenenó a los dinosaurios? La respuesta la desconocemos, pero es como si alguien hubiese limpiado la Tierra de esos peligrosos animales para que los mamíferos se beneficiasen de ello.

Si la inteligencia humana, prácticamente, se desarrolló en 2,5 millones de años frente a los 18 millones con los que contaron los saurios de ventaja sobre los seres humanos, es evidente que estos seres ofídicos tuvieron millones de años de evolución por delante del ser humano. ¿Podemos pensar que llegó a existir un dinosaurio inteligente? Muy posiblemente la respuesta sea sí. Y es que esa ventaja da para mucho. Permite mejorar la capacidad de supervivencia, de adaptación, la inteligencia y, por supuesto, el dominio territorial.

Una de las características más peculiares de los cerebros de los reptiles es su extremada velocidad. Son mucho más rápidos que el ser humano y que el resto de mamíferos. Y, por supuesto, mucho más despiadados. La mente de un reptil inteligente sería:

- Menos escrupulosa que la humana. Estaría liberada de ciertas peculiaridades que solo los mamíferos poseen, lo que los haría menos propensos a calcular sus actividades con base en sus sentimientos. Serían más tendentes a cubrir sus necesidades primarias por encima de todo y con una mayor agresividad.
- Más astuta que la humana, ya que, al liberarse de la atadura moral que los sentimientos imponen, su astucia sería muy peligrosa.
- Notablemente más calculadora que la del ser humano, que tiende hacia la abstracción.

Todo esto nos suscita varias e interesantes preguntas. En primer lugar, ¿dónde estaría ese reptil inteligente? En segundo lugar, ¿qué nivel evolutivo habría alcanzado? Y, por último, la más extraña de todas: ¿por qué entregaron la Tierra al ser humano?

Esos extraños dioses

En el año 2006 se hizo un interesantísimo descubrimiento. La primera religión ritual de la historia de la humanidad fue descubierta en Bostwana y su antigüedad era ni más ni menos que de 70 mil años. Este nuevo hallazgo arqueológico confirmaba la teoría de que África era la cuna del hombre moderno. Las primeras culturas comenzaron a efectuar en el continente africano rituales con 30 mil años de antelación respecto a los registrados en el continente europeo, según los hallazgos arqueológicos más antiguos.

Sheila Coulson, profesora asociada de la Universidad de Oslo, fue la descubridora de los restos arqueológicos y demostró cómo el *Homo sapiens* efectuaba ritos avanzados hace 70 mil años ante un misterioso ser tallado en piedra con aspecto de serpiente pitón. Coulson hizo el descubrimiento mientras estaba buscando objetos de piedra en zonas situadas en mitad del desierto de Kalahari, en una zona montañosa denominada «las colinas de Tsodilo», famosas por tener las pinturas rupestres más antiguas del mundo, y en mayor cantidad, ya que llega a haber hasta 3500 contabilizadas.

Estas colinas, llamadas «las montañas de los dioses», son un lugar sagrado para la tribu de los san. El lugar donde encontraron ese extraño ser tallado en piedra con forma de serpiente al que adoraban se conoce como «la roca que susurra». Según los san, la pitón es el animal sagrado más importante, pues ella creó a la humanidad.

La cueva está muy aislada y es de difícil acceso. Fue anteriormente descubierta por otros arqueólogos, en 1990, pero estos se centraron en las pinturas que había en sus paredes. Cuando Coulson entró en 2006, llamó su atención la misteriosa cabeza que existía con forma de pitón, de unos seis metros de largo por dos metros de ancho, en la que había unas 400 hendiduras hechas por el hombre; incluso, según palabras de Coulson, se pueden apreciar perfectamente la boca y los ojos de la serpiente. También encontraron en la zona una serie de fragmentos de lanza, presuntamente utilizados para sacrificar.

Sacrificios rituales ofrecidos a esa deidad, no sabemos si solamente de animales o también de personas.

Según algunos vestigios, la zona fue habitada por seres humanos desde hace ni más ni menos que 100 mil años. Dentro de aquella cueva se encuentra la llamada «cámara del Chamán». Esta cámara secreta tiene varias zonas de entrada que, al parecer, fueron utilizadas en el pasado y estaban vinculadas, posiblemente, a ciertos aspectos desconocidos de ese ritual.

Como vemos, el primer ser que adoró el hombre es la serpiente. Desconocemos por qué hace 70 mil años el hombre empezó a realizar rituales de sacrificio frente a este tipo de seres. Existen animales mucho más importantes que la serpiente dentro del entorno en el que aquellas gentes vivían. Animales que les proporcionaban alimento y materias primas que les permitían vivir. Desconocemos por qué decidieron adorar a la serpiente, que, si bien es un animal muy temido, no lo son menos los grandes felinos que habitan África. Entonces, debemos pensar que esa divinidad quizá se presentó a los san hace 70 mil años y les exigió ese tipo de rituales. Pero la adoración a los reptiles en África es mucho más abundante de lo que creemos.

La milenaria tribu de los dogones, un pueblo oriundo de Mali, tiene como dios principal a una entidad llamada Nommo, una especie de ser anfibio que tenía la mala costumbre de comerse, literalmente, a los dogones. De ese modo, el pueblo tuvo que construir sus viviendas en inaccesibles paredes verticales de la montaña para tratar de no ser capturados por esta entidad anfibia. Ese dios venía de la estrella Sirio, una estrella que ancestralmente ha sido adorada por muchos pueblos alrededor del mundo, y en el antiguo Egipto se identificaba con la diosa Isis. Pero si usted quiere aprender más sobre el pueblo dogón, le recomendamos la lectura del libro de Robert K. G. Temple *El misterio de Sirio,* donde después de varias revisiones, la ciencia ha terminado por avalar las ancestrales leyendas dogones que identificaban a Sirio como una estrella doble, dato descubierto en 1862 por el óptico estadounidense Alvan Graham Clark. Posteriormente, se descubrió que alrededor de la estrella principal del Can Mayor, Sirio, orbitaba una tercera compañera que recibió el nombre de Sirio C. ¿Cómo podían los dogones saber de la existencia de esas dos estrellas que no son apreciables a simple vista, sino solo con los más modernos instrumentos ópticos y complejos cálculos astronómicos? Una buena pregunta que solamente se puede responder si consideramos que los dogones eran, realmente, propiedad de unas entidades altamente evolucionadas.

Pero continuemos con la mitología reptil en África. El centro de adoración más importante se ubica en el territorio de los dahomey (actual Benín), quienes practicaron el ancestral culto a los reptiles. Incluso en Whidah existe un templo dedicado a una serpiente pitón llamada Danh-Gbi. También otra famosa tribu como son los ashanti tenía una extraña deidad, semejante a un arco iris con forma de reptil, a la que adoraban. También los amazulu, de Madagascar, practicaban el culto reptil. En el museo de Achimota, del Gold Coast College, existen representaciones de sus dioses, en un recipiente de barro, que muestran una serpiente rodeada por un arco iris, junto con otras deidades ofídicas, como la ya mencionada Danh-Gbi. La serpiente de la vida, Li, y el reptil de la protección, Liwui, asociado con su dios, Wu, que venía del mar, también otro ser anfibio.

Para los dahomey, el espíritu de la serpiente era implacable y había que temerla. Podía manifestarse bajo la forma de cualquier objeto, planta o animal, era metamórfico frente a los ojos humanos. Pero encontramos también al antiguo y ancestral pueblo egipcio que adoraba a dioses reptiles como Apophis y a Set, uno de los grandes de la mitología egipcia, que ayuda al dios Ra en su barca celestial a combatir a la serpiente del caos, Apep. Curiosamente, Set es retratado como un usurpador del trono, que mató a su propio hermano Osiris, marido de Isis.

El aspecto de Set en las representaciones egipcias es muy indefinido. Algunos lo identifican como una jirafa, otros como un burro e incluso como un chacal, zorro u oso hormiguero, pero existe la idea de que Set era un ser reptil. Los antiguos egipcios, de los que hemos hablado brevemente antes, también adoraban a las serpientes, incluso su principal dios, Ra, estaba asociado a la serpiente. También otras deidades como Wadjet, Renenutet y Meretseger eran reptiles, y dentro de su mitología existían malvados seres reptiloides, como era el caso de la dañina serpiente Apep. Incluso en el *Libro de los muertos* se hace referencia a las serpientes malignas que habitan en el inframundo. Wadjet era una poderosa diosa del alto Egipto representada como una cobra que siempre portaban los faraones en los capuchones reales, y que hoy podemos apreciar fácilmente en los objetos arqueológicos faraónicos.

En el panteón sumerio también existe un importante dios denominado Ningishzida, que habla de un poderoso dios creador representado con cabeza humana y cuerpo de serpiente en muchas ocasiones, algo que parece decirnos entre líneas que era un ser capaz de mimetizarse con los seres humanos, siendo reptil su auténtica naturaleza.

Pero en la ancestral Mesopotamia, los antiguos semitas tenían la creencia de que las serpientes eran inmortales. Antes de la llegada del pueblo de Israel, el culto a la serpiente estaba ampliamente establecido en Canaam durante la Edad del Bronce, y en diversos estratos del subsuelo de algunas ciudades del actual Israel se han encontrado objetos de culto a seres reptiles. En ciudades como Meguido, Gezer, Hazor y Siquem existen varios templos que se utilizaban para el culto al dios serpiente, incluso al final de la Edad del Bronce, el pueblo hitita construyó un santuario al norte de Siria en el que existía una estatua de bronce de un dios que sostenía una serpiente en una mano y un bastón en la otra, indicando el origen de su poder, algo que también se pudo ver en la antigua Babilonia, donde se encontraron serpientes de bronce del siglo VI a. C. que, aparentemente, flanqueaban las cuatro puertas de acceso al templo de Esagila.

La mitología aborigen australiana tiene como dios principal a una enorme pitón universalmente conocida como «la serpiente del arco iris», igual que algunos cultos africanos. Se preguntará el lector por qué esa extraña referencia entre la serpiente y el arco iris... El arco iris representa la inaccesible puerta a la otra dimensión, algo que incluso contempla el vudú, que, cuando ejecuta sus actos de sacrificio, los hace en pro de deidades reptiles situadas más allá del arco iris. Quizá todas estas religiones y cultos estén haciendo referencia a entidades que vienen de un inframundo más allá del arco iris, que es una forma simbólica de hablar de dimensiones que coexisten con la nuestra y, muy posiblemente, el lugar donde habitan estos amos y dioses de la raza humana.

Pero incluso en la antigua mitología asiática, las nagas son una especie de seres mitad humanos mitad reptiles, una suerte de demonios negativos que acostumbraban a perseguir a todo tipo de criaturas, incluidos los seres humanos, y que, según la mitología asiática, con frecuencia utilizaban malas artes y engaños para modificar importantes acontecimientos. La épica camboyana es la que más habla de las nagas, quienes, al ser representadas dualmente como ser humano y serpiente, mostraban a entidades con capacidad metamórfica. También cuentan que las nagas vivían en la tierra interior.

La naga más importante, pues eran seres femeninos, se llamaba Kadrup, y era considerada como la madre de todas las serpientes; también es mencionada en el hinduismo, con todo lujo de detalles sobre sus avatares y problemas familiares, algo que, desde luego, y como dijimos antes, es muy propio de la mente reptil, la constante enemistad, envidia y lucha interna por el poder, curiosamente reflejada en la gran mayoría de las mitologías donde los dioses, miserablemente, se peleaban entre sí, conspiraban entre ellos mismos y se disputaban su espacio de poder, llegando a asesinar a sus propios familiares independientemente de su cercanía.

Las nagas, como otros muchos seres reptiles considerados anfibios, tenían múltiples moradas en el mar, de donde, presuntamente, o al menos en muchas ocasiones, provenían. Son objeto de gran veneración en la actualidad en zonas del sur de la India, donde incluso algunas comunidades como los nairs de Kerala afirman que su ascendencia es de origen reptil o naga. El hinduismo afirma que las nagas viven en Patala, la llamada «séptima dimensión inferior» o «reinos de lo oscuro». Curiosamente, Patala nos recuerda mucho a Shambhala, otra misteriosa e inaccesible ciudad que, posiblemente, se encuentre situada en otra dimensión.

Las nagas eran portadoras del llamado «elixir de la vida o la inmortalidad», extraño brebaje mencionado en múltiples mitologías repartidas alrededor del mundo. El budismo también las menciona como guardianes de lagos o arroyos subterráneos, donde custodiaban grandes tesoros. En China, dos de las principales deidades eran nagas, cuyos nombres eran Nüwa y Fuxi, divinidades creadoras, representadas como una doble serpiente con extremidades superiores y cabeza humana. También eran metamórficas y solían portar en sus manos dos misteriosos objetos, como la escuadra y el compás, símbolos principales de la masonería, pero, a diferencia de esta, la mitología que existe sobre Nüwa y Fuxi se remonta a miles de años de antigüedad. No entendemos por qué los dioses reptiles utilizan los mismos objetos que las logias secretas masónicas, ¿quizá esas entidades dominan este tipo de sociedades y permiten su proliferación? Lo desconocemos, pero es demasiado casual como para pasarlo por alto.

Por supuesto, la mitología griega tiene un lugar destacado para el culto a la serpiente que, según los mitos arcaicos griegos, denominaban Ofión, un ser reptil que gobernaba el mundo junto con Eurinome, posteriormente expulsados por los dioses Cronos y Rea, que, a su vez, fueron fulminados por Zeus.

Los griegos afirmaban que en los antiguos oráculos adivinatorios la serpiente predecía el futuro a los sacerdotes, encargados de desvelárselo a reyes o nobles importantes. Estos obraban en consecuencia, emprendiendo guerras o eludiéndolas y, por supuesto, tomaban las más importantes decisiones bajo los auspicios de estas entidades ultrahumanas.

Los minoicos de Creta adoraban a una importante diosa serpiente que blandía un ofidio en cada mano y que representaba la fuente de la sabiduría; a su vez, nos recuerda a Heracles, un héroe mitológico que también aparecía en sus más antiguas representaciones blandiendo dos desafiantes serpientes que le amenazaron en su cuna, con el mismo gesto iconográfico que la diosa de Creta. Otro importante dios de la mitología griega fue el gran Tifón, descrito como un espantoso monstruo alado con 100 serpientes que salían de sus piernas, que fue sometido por Zeus, confinándolo bajo tierra en las regiones volcánicas. Y qué decir de la serpiente Quimera, o la bestia marina reptil llamada Hidra, que era un ser reptil con muchas cabezas, aspecto multicéfalo recurrente en diversas religiones, debido muy posiblemente a la capacidad reptil de transformar su rostro a voluntad en múltiples formas.

La Hidra era absolutamente temida por los seres humanos. La mitología nos cuenta que era tan terrible que hasta sus huellas eran mortales. Vivía debajo del lago de Lerna en la Argólida, donde estaba situada la mítica ciudad de Argos, legendaria ubicación del mito de los danaides, en cuyo sitio había una entrada al inframundo, otra nueva representación que hay al otro lado y que muy posiblemente haga clara referencia a esa dimensión que no podemos traspasar los humanos, pero que ellos sí pueden cruzar. La Hidra era el guardián del acceso al inframundo.

Desde luego, podemos ver cómo estas entidades nos confunden, nos engañan y ven al ser humano como una especie de títere al servicio de sus necesidades. Títeres que viven en una granja, accesible para ellos y de la cual no pueden salir, ya que el acceso a su reino está muy bien guardado. A mi modo de ver, creo que, efectivamente, el planeta en el que vivimos tiene alguna forma de inteligencia, como asegura la teoría de Gaia del investigador británico James Lovelock, pero desde luego es una inteligencia cuya biología es ajena a esos dioses reptiles presentes en todas las religiones.

Los griegos hablaban también de otro ser reptil con aspecto de dragón y dotado de 100 cabezas; de nuevo aparece la multicefalia en estas entidades. El nombre de este ser era el de Ladrón. Este fue asesinado por Heracles (o Hércules), que también mató a la Hidra, con la ayuda de Yolao, pues las cabezas que iba cortando Heracles se regeneraban y Yolao tuvo que cauterizar los muñones para impedirlo y poder así terminar con la vida de ese ser.

Existen más seres monstruosos dentro de la mitología griega, como por ejemplo la medusa Gorgona, cuya terrorífica mirada era capaz de matar. Esto de la mirada es curioso porque los ojos de los reptiles y su poder han sido ampliamente estudiados en los distintos cultos. E incluso en el antiguo Egipto, el llamado «ojo de Horus» era una representación de esa capacidad de ver a través de otras dimensiones. Este símbolo se ha vinculado a la glándula pineal, pero no divaguemos y continuemos con estos reveladores seres.

Una de las principales divinidades de la mitología grecorromana era Apolo, un importante e influyente dios, muy cercano a Zeus, y que tenía como deporte, entre otras cosas, la caza y captura de reptiles, llegando incluso a matar al dragón ctónico Pitón, uno de los hijos de Gea, diosa primigenia que da nombre al primer continente universal que existió, según la geología, llamado Pangea o Tierra de Gea, que es como decir «la tierra de las serpientes».

Apolo tuvo un hijo llamado Asclepio, famoso por sus numerosas matanzas de serpientes, heredando la tradición familiar. Ambos dioses son representados con un báculo por el que asciende una serpiente, nuevamente símbolo de poder ofídico. Asclepio era un gran conocedor de los hábitos de los reptiles, un cazador que estudió a sus enemigos ampliamente, e incluso llegó a descubrir el secreto de la inmortalidad de las serpientes al observar las llamadas «hierbas curativas» que utilizaban y, cuando intentó entregárselas al ser humano para hacerle inmortal, fue inmediatamente fulminado por Zeus con un rayo.

Hay una curiosa circunstancia zodiacal sobre Asclepio, ya que después de morir ascendió a la bóveda celeste con forma de importante constelación, conocida en la actualidad como la constelación del Serpentario u Ofiuco, el cazador de serpientes, precisamente. Esta constelación, situada en el ecuador zodiacal, ha sido excluida, por causas que desconocemos, de los 12 signos del Zodiaco en los que, misteriosamente, se ha incluido la constelación de Cáncer, que es infinitamente menos representativa que la de Ofiuco. Tal vez las entidades reptiles le arrebataron su ubicación zodiacal. De no ser así, esta constelación hubiera sido la número 13 y, de este modo, encajaría con las 13 lunas naturales. Sin embargo, ahora tenemos 12 meses artificiales, impuestos por el calendario gregoriano, propuesto, curiosamente, por el papa Gregorio XIII, quien sustituyó el anterior calendario juliano para eliminar las fechas en las que se celebraban cultos ancestrales que la Iglesia no aceptaba; realizó así el llamado «reajuste equinoccial» como excusa para, mediante un cambio de fechas, justificar la desaparición de dichos rituales. Pero dejemos a este nefasto papa y continuemos con estas entidades ofídicas.

Laocoonte fue un sacerdote de Apolo que intentó de manera infructuosa advertir a los troyanos de que, bajo ningún concepto, aceptasen el caballo de Troya griego, algo que desde luego no gustó a las entidades del Olimpo, que enviaron contra él reptiles marinos para estrangularlo y que, después de llevar la ejecución a cabo, también mataron a sus dos hijos, Antífanes y Timbreo. Como vemos, había ciertas entidades vinculadas a Apolo que a los reptiles no les hacían mucha gracia.

Todos conocemos la historia del gran Alejandro Magno, que dominó todo el mundo conocido, ampliando su antiguo reino griego de Macedonia desde el noroeste de África hasta la India, en una campaña sin precedentes que ocupó parte de Asia. Forjó uno de los imperios antiguos más grandes que el ser humano haya conocido jamás, dejando un rastro de guerras, dolor y sangre. Al estudiar la historia de este periodo, nos extrañaba que detrás de todo esto no hubiese algún ser ofídico. Sin embargo, el dato apareció cuando descubrimos que la madre de Alejandro, Olimpia, era una princesa de la primitiva tierra de Epiro y tenía reputación de ser asesorada y manipulada por entidades reptiles, e incluso se dice en la leyenda que el propio Zeus se metamorfoseó como serpiente para dejar embarazada a Olimpia, quien después alumbraría al gran Alejandro Magno. Una vez más encontramos las serpientes detrás de los grandes tronos, como en la historia de Eetes, rey de Colquida y padre de la hechicera Medea, que tenía en su poder el legendario vellocino de oro, custodiado por una enorme serpiente que jamás dormía.

Vemos que la presencia de la serpiente es constante en la mitología griega, al igual que las entidades reptiloides y anfíbicas, incluso el dios principal del panteón griego, Poseidón, tiene vinculación marina, y no por casualidad. Los reptiles aparecen de forma constante desde la antigua Grecia hasta el final del Imperio romano en los diversos cultos que se practicaban en aquellas lejanas épocas.

Pero como estos seres no conocen distancias y para ellos los océanos no son una barrera, la cultura nativa americana también cuenta con poderosos dioses reptiles que dirigían ferozmente a sus pueblos y les exigían terribles sacrificios humanos. El más representativo de todos ellos es quizá el dios azteca Quetzalcoatl, o serpiente emplumada, el principal dios que el gran pueblo azteca tuvo que sufrir.

Junto con su hermano Huitzilopochtli, también otra deidad reptil, ambos mantuvieron al pueblo azteca en peregrinación durante siglos y a través de miles y miles de kilómetros. Le hacían construir enormes ciudades y, cuando por capricho les venía en gana, le mandaban ir a otros lugares, después de haber creado zonas florecientes. Un éxodo cruel y centenario, mucho más terrible que el que impuso Yahveh al pueblo hebreo.

Quetzalcoatl tenía por costumbre devorar humanos, pero no físicamente. Le gustaba que los humanos matasen humanos para su deleite y, desde luego, ese deleite era algo más que el placer de ver cómo se destruían entre ellos. Era una especie de necesidad semejante al hambre que experimentan los humanos, pero en vez de alimentos le saciaba sentir el dolor energético que sus víctimas exhalaban durante el sacrificio, que solo lo apaciguaba temporalmente, ya que su necesidad de carne humana era constante, como lo es la heroína para un heroinómano.

Se da la circunstancia de que su hermano Huitzilopochtli indicó a los aztecas el lugar donde estaba situada su tierra prometida con un extraño signo: allí donde viesen a un águila sobre un nopal devorando una serpiente, sería donde tendrían que edificar la gran ciudad azteca.

Los aztecas también tenían, al igual que los hebreos, a su Moisés, que incluso se llamaba de forma parecida, Mexi. Y, curiosamente, contaba con una hermana llamada Malinal. Recordemos que la hermana del Moisés bíblico se llamaba Miriam, también una semejanza fonética más que sospechosa, lo que nos hace pensar en un parentesco familiar entre el dios hebreo Yahveh y el dios azteca Huitzilopochtli; desde luego, ambos tenían un sentido del humor de muy mal gusto. Curiosamente, esa ciudad que manda edificar Huitzilopochtli se llama Tenochtitlan, que quiere decir, literalmente, «la tierra de Enoch», la cual aparece también en el libro del Génesis vinculada a la genealogía primigenia. Enoch era el primogénito de Caín, que a su vez era el primogénito de Adán y Eva. Según la Biblia, Caín construyó una ciudad llamada Henoch para celebrar el nacimiento de su hijo.

Tan evidentes eran las representaciones de estas entidades reptiles que incluso en los pocos códices aztecas que disponemos aparecen con cuerpo humano y cabeza reptil; asimismo, están pintados de color verde, para denotar su claro origen saurio, algo que incluso se puede ver en el Códice Borgia, en el que se aprecia a Quetzalcoatl representado con una extraña máscara que parece indicar la capacidad polimórfica en su rostro, que le permitiría transfigurarse en distintos tipos de humanos.

Pero Quetzalcoatl no solo disfrutaba del dolor y el terror de sus víctimas. Parece ser que en ocasiones tenía la mala costumbre de alimentarse incluso físicamente de ellas, como se puede apreciar en el Códice Telleriano-Remensis.

Por supuesto, otras importantes tribus del continente americano, como los mayas, incas, toltecas, olmecas y mapuches, tenían importantes deidades ofídicas que están, de algún modo, relacionadas con el diluvio universal. Algunas tribus nativas de Norteamérica reverencian a la serpiente, como causante de ciertos males, para intentar aplacar su ira. Tal es el caso de los indios hopi en Arizona, que representan la figura de la serpiente en sus danzas.

Pero retornemos a la vieja Europa y viajemos a los primeros cultos nórdicos en los que se hablaba de la ciudad del Valhalla, que nos recuerda al vocablo «Shamballah», y de la antigua ciudad de Patala, en la que los reptiles eran sus principales habitantes. La mitología nórdica tiene como uno de sus principales dioses a Loki, quien fue padre de un imponente reptil llamado Jörmungandr, cuyo significado es «el gran monstruo», representado como una serpiente marina inmensa que rodeaba la Tierra, como si fuese dueño de ella; recibió incluso el nombre de la Serpiente del Mundo, lo que nos recuerda al famoso símbolo del uróboro en alguna de sus múltiples interpretaciones.

Pero, por supuesto, no podemos dejar de lado la religión más extendida en el mundo: el cristianismo, donde la serpiente toma un papel primordial en los orígenes del hombre, seduciendo a los humanos y llevándolos a la perdición, como se narra en el Génesis, donde se cuenta cómo Adán y Eva son expulsados del Paraíso por culpa de los nefastos consejos de este inmundo ser. El propio Jehovah, cuando se refiere a la serpiente, dice que es el animal más astuto que existe, algo que nos recuerda a ese cerebro reptil rápido, astuto y despiadado del que venimos hablando a lo largo de estas páginas.

Vínculos de sangre

De forma misteriosa y en un momento concreto, los dioses de todas las religiones, que tanto se manifestaban e interactuaban con el ser humano, desaparecen a la vez sin dejar rastro. Esto se produce en un periodo que podríamos situar entre al año 2000 a. C. y el siglo VII d. C., a lo largo del cual todas estas manifestaciones divinas van desapareciendo misteriosamente. Parece que los dioses dejan paso a una nueva era en la que de ellos solo queda el recuerdo, su religión y sus obras, llegando estas últimas, con el paso de los años, a convertirse en leyendas.

¿Dónde están los dioses? Esa es la gran pregunta a responder.

Si tenemos en cuenta que obtienen de nosotros unas energías sutiles que, a modo de alimento y necesidad, extraen de nuestros sentimientos y emociones, en principio esa desaparición nos puede parecer incomprensible.

Es como si el pastor, en el mejor momento, desapareciese y liberase a sus ovejas. Pero parece ser que las cosas no son así. Las ovejas siguen dentro del redil y el pastor lo único que ha hecho es delegar en aquellos que llamábamos «semidioses» o «semihumanos» que, por hibridación, eran convertidos en aurigas de los pueblos y dirigentes de las naciones.

Hemos hablado de distintos reyes y su supuesto origen divino, en el que, como hemos visto, eran el fruto de una especie de tratamiento embrionario, por el cual presumimos que se les manipulaba genéticamente para que pudieran canalizar a la perfección los deseos de estos ultraseres.

Si hacemos un correcto seguimiento de las ramas genealógicas que hoy en día dominan el mundo, vemos cómo entre muchos de ellos hay vínculos de sangre centenarios que, si estiramos y estiramos, en algunos casos se remontan a las primeras tribus del antiguo Israel y a las primeras estirpes reales y genealógicas de los grandes reyes que hubo en la Tierra Prometida. Pero lo mismo ocurre en Asia, Estados Unidos, la vieja Europa y Sudamérica.

En ocasiones, estos aurigas son extraños personajes que parecen venir de la nada, como es el caso del actual presidente de los Estados Unidos, Barack Obama, del que, prácticamente, no se conocen datos de su niñez y juventud.

Presuntamente, nació el 4 de agosto de 1961 en Honolulú, pero existen muy pocas referencias sobre este personaje antes de pertenecer al Partido Demócrata. Es como si hubiese estado viviendo en algún lugar donde no existía ningún tipo de documentación o datación, ya que no hay documentos oficiales que avalen su identidad y, los pocos que existen, como su certificado de nacimiento, han sido objeto de una gran controversia dentro de los Estados Unidos, por estar bajo sospecha de haber sido falsificados. Y es que quizá, si Barack Obama no hubiese nacido en los Estados Unidos, jamás podría haber sido candidato a la Presidencia de este país, pues la Constitución americana impone dos premisas fundamentales: haber cumplido 35 años y haber nacido dentro del territorio de los Estados Unidos, así como haber vivido, de esos 35 años, un mínimo de 14 dentro del país. Por consiguiente, si Obama no hubiese nacido en Honolulú o hubiese nacido en otro país, jamás habría podido ser candidato a presidente de la nación.

El pasado de Barack Obama es todo un misterio. Por ponerles un ejemplo, les diré que la hermana de Obama, Maya Soetoro, de origen nigeriano, afirmó en varias entrevistas que su hermano había nacido en el hospital Queens de Honolulú, pero en otras entrevistas declaró que había nacido en el centro médico de Capiolani para mujeres de Honolulú; resulta muy extraño que su propia hermana no sepa identificar correctamente el lugar de nacimiento y lo modifique en cada entrevista que le hacen.

Una serie de personas que dudaban del origen de Obama comenzaron a realizar investigaciones privadas en los hospitales que la señorita Soetoro había mencionado, sin poder descubrir realmente en cuál de los dos había nacido; el dato quedó pues en el misterio más absoluto.

En 1967 se matriculó en una escuela primaria de Hawai, donde pasó solo tres meses; más tarde viajó a Indonesia, donde residió desde 1967 hasta 1971 y, presuntamente, no fue hasta ese año cuando volvió a territorio norteamericano. Pero, curiosamente, existen fotos de Barack Obama en 1969 efectuadas en Honolulú.

Sin embargo, el mayor punto de conflicto, como hemos indicado más arriba, es su certificado de nacimiento. Al parecer, fue analizado y se encontraron una serie de incoherencias y errores que hicieron pensar que había sido falsificado, algo que llevó a un *sheriff* de Texas a denunciarlo de forma pública. Este trató incluso de demandar al propio presidente, algo que no solo no prosperó, sino que le supuso una importante sanción.

Otro dato extraño es que el número de la Seguridad Social del presidente Barack Obama no es de Barack Obama. Pertenece a un sujeto que nació en 1890 llamado Jean Paul Ludwig. Esto lo denunció Orly Taitz, odontóloga e importante figura dentro del movimiento Birther, que cuestiona la nacionalidad de Obama —hasta existen organizaciones que se dedican a intentar promover públicamente la presunta falsedad del origen de Obama—. Taitz sostuvo de forma tenaz que el número de Seguridad Social de Obama era incoherente y cursó una denuncia, pero desafortunadamente, esta no prosperó.

Continuemos con la misteriosa biografía de Obama. Aparentemente, el primer trabajo que tuvo fue en una tienda cerca de la escuela secundaria del barrio donde residía en su adolescencia. Trabajó dos años antes de lo que su número de la Seguridad Social indica. Pero el dato más extraño de esta oscura biografía es lo que le ocurrió en la Universidad de Columbia, donde, presuntamente, Obama estudió Ciencias Políticas.

La cadena de televisión Fox entrevistó a 400 personas que deberían haber conocido a Obama, entre ellas exalumnos, profesores y personal vinculado a la Universidad durante la época en que, supuestamente, estudió. Y se dio la extrañísima circunstancia de que ninguna de aquellas 400 personas lo reconocía ni se acordaba de Obama. ¡Todo un misterio!

Es probable que, si cualquiera de ustedes pregunta a un excompañero de colegio, a pesar de que hayan pasado los años, este se acordará de usted. Y lo más fácil es que, si preguntan a 400 personas del mismo año académico, un porcentaje de esas personas le recordarán. Pero es un misterio que nadie se acuerde del discreto Obama, como si nunca hubiese puesto el pie en aquella universidad. Se da la circunstancia añadida de que incluso en la orla, donde figuran las fotografías de todos los estudiantes de su promoción que se licenciaron ese año, no aparece la imagen del señor Obama. Otro dato más que no solo nos revela su discreción, sino su capacidad de invisibilidad. Incluso existen diversas fotografías de dudosa autenticidad en las que aparece Barack Obama.

Es en 1983 cuando realmente empezamos a tener datos sólidos de la existencia de Obama y cuando empiezan a aparecer personas que le reconocen de aquella época en que trabaja para el Business International Corporation, saltando a distintas empresas pertenecientes al mismo grupo, para finalmente acabar en la Public Interest Research Group de Nueva York. Es como si a Obama alguien o algo lo hubiese fabricado para empezar a tener una imagen pública desde 1983, pero incluso a partir de esa fecha existen algunas lagunas históricas, como si Obama desapareciese de forma misteriosa de este mundo durante largos periodos de tiempo sin dejar dato alguno.

Después de entrar en ese grupo de empresas, asciende en el Partido Demócrata de forma meteórica, alzado por unas misteriosas y desconocidas alas que le llevan a ponerse por delante de la popular Hillary Clinton en las elecciones primarias al Partido Demócrata. Por poner un dato, les diré que en diez años pasa de ser alguien totalmente anónimo a convertirse ni más ni menos que en senador del distrito de Illinois, y de ahí pasa a ser, en 2004, senador de los Estados Unidos para, en enero de 2009, convertirse en presidente de los Estados Unidos.

Pero no piensen ustedes que es el único personaje con unos extraños y oscuros orígenes. Esto le sucede también a Angela Merkel, quien en pocos años, de ser devota militante del Partido Comunista en la Alemania del Este, pasa a ser canciller del país. Misteriosamente, cuando cae el Muro de Berlín, el primer país que visita es Estados Unidos, haciéndolo de manera oficial para reunirse con el propio Ronald Reagan, y después de ello, escalar de forma meteórica hasta la cima del poder en Alemania.

Misteriosamente, Merkel está trabajando con afán para evitar que los nombres de los espías alemanes que trabajaron o trabajan para la NSA salgan a la luz pública, espías que, al parecer, se han llegado a infiltrar dentro de la Cancillería alemana. Saque usted sus propias conclusiones.

Como vemos, los orígenes de importantes personajes que han cambiado el rumbo de la historia son extraños y misteriosos. Por ejemplo, podemos hablar de la familia más poderosa de la Europa medieval, los Medici. Poderosa familia de Florencia que tenía a su servicio a reyes y papas, e incluso de su dinastía nacieron varios papas y algunos monarcas que mezclaron su sangre con las casas reales francesa y alemana. Por poner un ejemplo sobre el origen de esta misteriosa familia, diremos que su patriarca, Juan de Medici, un importante banquero que se codeó con la más alta nobleza de finales del siglo XIV y principios del XV, era un hombre pobre que recibió una pequeña y exigua herencia de su padre, comerciante de lanas, que tuvo que dividir entre sus cuatro hijos y su esposa. Solo al final de su vida consiguió reunir una pequeña fortuna que, de forma misteriosa, supo multiplicar por mil, algo inusitado en aquella época. Era como si, a cada paso que diese, la fortuna se aliase en su favor, como si estas entidades estuviesen preparando el camino para esa poderosa familia que diseminó su sangre por las principales casas reales europeas.

Podemos hablar también de otros personajes, como por ejemplo Adolf Hitler. Se da la misteriosa circunstancia de que la abuela de

Hitler llegó a Viena y trabajó como sirvienta para importantes familias adineradas, incluso para Salomon Mayer Rothschild, banquero judío que vivía solo en su casa de Viena con ella. Este era famoso por sus devaneos con las jovencitas vienesas de la época, y lo cierto es que la abuela de Hitler salió embarazada de aquella casa, aunque nunca se supo realmente si la ascendencia de Hitler era judía. Por consiguiente, ¡un 25 % de la sangre de uno de los mayores genocidas de la historia del pueblo judío puede haber sido judía! Esto fue algo que Hitler trató de ocultar por todos los medios.

Por supuesto, los Rothschild, una de las familias más poderosas de los siglos XIX, XX y, probablemente, del XXI, fueron banqueros desde sus orígenes, cuando comenzaron como cambistas en las juderías de Fráncfort, y también fueron misteriosamente alzados por las extrañas alas de la diosa fortuna. A lo largo del siglo XVIII consiguieron mezclar su sangre con la nobleza europea, e incluso llegaron a estar protegidos por la Casa Real alemana, Sachsen-Coburg-Gotha, que posteriormente, en tiempos de la Segunda Guerra Mundial, cambió el nombre por el de Windsor. Suponemos que la actual Casa Real británica intenta camuflar sus orígenes alemanes bajo este nombre. Como vemos, en muchísimas ocasiones la historia es un círculo de vínculos de sangre entre personajes que han conquistado y dominado el mundo. Podríamos mencionar uno tras otro y el libro acabaría teniendo mil páginas de extensión, pero les daré un botón de muestra a modo de curiosidad.

No podemos olvidarnos, por supuesto, de un elemento tan reaccionario como George W. Bush júnior, que a lo largo de su candidatura promovió las principales guerras en Oriente Medio que, actualmente, estamos viviendo. Poco tuvo de benévolo y nada le temblaba la mano a la hora de firmar ejecuciones cuando era gobernador de Texas. Su escasa magnanimidad en ese aspecto le hizo famoso, como si a este *hooligan* del horror le gustase hacer sacrificios de sangre a diestro y siniestro, al igual que los ancestrales aurigas hacían en el pasado. Fueron muchas, decenas de miles, las personas que murieron durante su candidatura por sus irresponsables decisiones durante las numerosas guerras que emprendió en Oriente Medio.

Pero la dinastía de la saga Bush es muy siniestra. Por ejemplo, su abuelo Prescott Bush perteneció a una siniestra sociedad secreta llamada Skull & Bones, afincada en la Universidad de Yale, que fue denunciada en varias ocasiones por crímenes tales como tráfico de drogas, racismo hacia las minorías étnicas y profanación de tumbas. El señor Prescott, gracias a la naviera Hamburg American Line, creada por él mismo y financiada por la poderosa familia Harriman, apoyó a Hitler propagandísticamente en 1932; e incluso Averell Harriman procuró pasajes a los nazis a través de la naviera mencionada para acudir a un congreso sobre limpieza racial.

El padre creó un imperio financiero con el que facilitaba notablemente el tráfico de armas y explosivos, utilizando para el transporte su naviera, así como la empresa química alemana IG Farben, compañía ya desaparecida que, presuntamente, según asegura el experto en narcotráfico Hans G. Behr en su obra *La droga, potencia mundial,* se dedicaba a la venta de heroína para las mafias norteamericanas. En todo esto vemos cómo la CIA, en concreto su director, Allen Dulles, avaló al señor Prescott.

Entre otras cosas, Prescott Bush entregó como herencia a su hijo George Bush una empresa petrolera llamada Zapata Oil. En 1950, Prescott intentó, sin resultado, entrar en política presentándose para senador del Estado de Connecticut; para su desgracia, salieron a la luz una serie de datos de su pasado que, presuntamente, lo vinculaban con un movimiento de corte eugenetista que provocaron su derrota frente al senador William Burnett Benton por un margen de mil votos.

La operación Paperclip, mediante la que se introdujeron muchos científicos y personal técnico, así como los mejores especialistas alemanes dentro de Estados Unidos, generó un segundo proyecto denominado operación Amadeus, con el fin de que aquellos oficiales alemanes que no tenían cabida dentro de Estados Unidos fueran trasladados a Sudamérica. En esa red existía un importante correo llamado Albert Carone, quien, según Mike Ruppert, un tipo muy interesante del que ahora hablaremos, tenía en su poder una agenda en la que aparecían importantes miembros de la mafia, así como un directorio de la CIA. Cuando Carone empezó a ser molesto, murió en extrañas circunstancias por toxicidad química de origen desconocido.

Mike Ruppert, escritor estadounidense y exdetective de la División de Narcotráfico de la Policía de Los Ángeles, es el autor de todas estas afirmaciones. Fue el propio Ruppert quien puso en conocimiento del Senado de los Estados Unidos que detrás de la operación Amadeus se encontraba ni más ni menos que George Bush.

Estos son algunos de los pequeños detalles que podemos contar sobre esta dinastía, que, por supuesto, se perpetúa en el tiempo, ejerciendo su poder e influencia a nivel mundial.

Algunos de ustedes quizá estén pensando que los antiguos reyes poco tienen que ver con estos presidentes, que son auténticos emperadores romanos algunos de ellos, como es el caso de George Bush padre, y otros, meros títeres o comparsas de hilos manejados por manos desconocidas. Pero lo cierto es que quizá se pueda afirmar que 42 de los 43 presidentes de los Estados Unidos tienen un ancestro común: el rey John de Inglaterra, quien en 1215 firmó una Carta Magna por la que arrebataba los poderes monárquicos a su legítimo hermano Ricardo I, más conocido como Ricardo Corazón de León, aprovechando que estaba en las Cruzadas, para entregárselos al Parlamento. Si usted no ubica a este rey, le diremos que es el famoso villano de las historias de Robin Hood. Todo esto fue descubierto por una joven historiadora llamada BridgeAnne d'Avignon, natural de la ciudad de Salinas, en California. Esta joven, que se dedicó a buscar ni más ni menos que la genealogía presidencial estadounidense entre más de medio millón de nombres, heredó su afición de su abuelo, un experto en dicho campo tras dedicarse durante décadas a escarbar en su propia genealogía familiar. BridgeAnne d'Avignon, para su sorpresa, vio que poco a poco todos estos grandes nombres que aparecían en la lista se anexaban a un mismo tronco. Presidentes tales como el mismísimo George Washington forman parte de esta extensa lista de la que, misteriosamente, se libró el octavo presidente, Martin Van Buren.

Al parecer, si tiramos del hilo, nos damos cuenta de que los lazos de sangre que existen en la actualidad se remontan ni más ni menos que al propio Abraham, que a su vez se remonta hasta los orígenes de los padres de la humanidad que, según las Escrituras, son Adán y Eva. Aquí tenemos quizá la explicación de por qué estos tipos se consideran propietarios absolutos del mundo por derecho divino. Aparte de los lazos de sangre tan obvios que existen entre ellos, no podemos olvidar otros vínculos, como la pertenencia a sociedades secretas de carácter masónico, a las que muchos estaban vinculados, siendo grandes maestros con el grado 33, el más alto grado que se otorga dentro de la masonería, según el Rito Escocés.

El caso Omaha

El *affaire* tuvo lugar en la ciudad de Omaha, capital de Nebraska, a finales de los años ochenta y principios de los noventa. El 31 de diciembre de 1968 se establece allí la Franklin Credit Union, y se sitúa al frente de ella a un conocido personaje negro cuyo nombre es Lawrence E. King, quien, entre 1988 y 1991, fue acusado de crear, presuntamente, una red de prostitución infantil para satisfacer las necesidades de prominentes miembros del Partido Republicano de Nebraska, así como de políticos de altísimo nivel en los Estados Unidos. Las acusaciones afirmaban que la red de prostitución estaba dirigida por un culto de adoradores del diablo que participaban en fiestas de mutilación, sacrificio y canibalismo de numerosos niños.

Las acusaciones se centraron, principalmente, en el mencionado Lawrence E. King júnior, director por entonces del hoy en día inexistente banco Franklin Community Federal Credit Union en Omaha. Una junta de ciudadanos de Foster (Nebraska) presentó los resultados de una investigación efectuada durante dos años sobre el presunto abuso físico y sexual al que eran sometidos algunos niños tutelados por el Consejo Ejecutivo de Nebraska en centros de acogida. Las más altas autoridades comenzaron a investigar estas denuncias y a entrevistar a los menores. Estos niños afirmaban que habían sido trasladados a la costa este de los Estados Unidos para abusar de ellos sexualmente, e incluso alguno de los pequeños afirmaba que ciertos «señores» practicaban el canibalismo y sacrificaban a niños de corta edad en aquellas fiestas. Asimismo, los niños reconocieron a importantes personajes norteamericanos de la política, la economía y demás ámbitos que participaban en aquellas fiestas.

Estas historias de abusos fueron denunciadas por un extrabajador del centro de acogida para jóvenes y niños con problemas llamado Boys Town. Después de mucha deliberación, se llegó a la conclusión de que las acusaciones eran infundadas, pese a que muchos niños así lo reconocieron, e incluso alguno de ellos pasó de ser acusador a acusado, como le ocurrió a Alisha Owen, una presunta víctima que fue acusada de ocho delitos de perjurio.

Lawrence E. King se libró, milagrosamente, de las acusaciones de abusos sexuales, pero fue condenado por otros delitos, como malversación de fondos en la cooperativa que dirigía, la Credit Union.

Pero vamos a relatar una serie de cosas muy extrañas que sucedieron.

El exsenador republicano John DeCamp participó en la producción de un documental titulado *La conspiración de silencio* que, supuestamente, iba a emitirse el 3 de mayo de 1984 en el canal Discovery Channel. En este documental se exponía el caso Franklin y se hablaba de una red de líderes religiosos y políticos de Washington que utilizaban a niños para orgías sexuales. En el último minuto antes de emitirse, una serie de congresistas amenazaron, de forma anónima, con fuertes represalias la cadena de televisión por cable si retransmitía el documental. Después de que la cadena se hubiera gastado una fortuna en producir dicho documento, tuvieron que censurarlo. No obstante, en algunos sitios de Internet este documento gráfico puede ser visionado todavía, ya que alguien, y de manera anónima, se encargó de difundirlo a través de la red.

Se da la circunstancia de que casi de manera inmediata los derechos de autor de este documental fueron adquiridos por personas desconocidas, que ordenaron que las copias fueran destruidas de forma inmediata. Solamente una de ellas pudo salvarse. Esa copia fue entregada anónimamente al exsenador de Nebraska y abogado John DeCamp, quien la puso a disposición del exdirector del FBI Ted L. Gunderson. Lamentablemente, la calidad del vídeo no es buena, pero finalmente el vídeo pudo ser rescatado.

En esta red de pederastia había dos principales sospechosos. Uno de ellos era el anteriormente mencionado Larry King y el otro, Craig Spencer, ambos miembros del Partido Republicano. Larry King (no confundir con el famoso presentador de televisión) fue tan popular que incluso en dos convenciones nacionales republicanas, celebradas en los ochenta, llegó a cantar el himno nacional. Posteriormente, fue a la cárcel por fraude bancario. En la actualidad, vive en un sitio desconocido de la costa este de los Estados Unidos.

Spencer, el otro miembro del Partido Republicano, terminó suicidándose. Varios de sus compañeros fueron a la cárcel por formar parte de una red de prostitución homosexual. Como algunos miembros del Partido Demócrata también estaban involucrados, fue muy difícil sacar a la luz esta cuestión.

Por otro lado, el jefe de policía que llevaba el caso en Nebraska, Gary Caradori, murió en extrañas circunstancias en el curso de la investigación; su avión privado, en el que viajaba junto a su hijo, sufrió un accidente aéreo. Esto sucedió el 11 de julio de 1990. Aquel día Caradori iba a asistir al partido de All Stars. Parece ser que el viaje para ver el partido era una tapadera para que Caradori pudiera reunirse con una fuente anónima, que le haría entrega de una serie de fotografías en las que se demostraba que los niños en acogida de Nebraska, y algunos de los muchachos de la Boys Town, estaban siendo utilizados como gratificación sexual de importantes líderes políticos de Washington, entre ellos el vicepresidente y el presidente George W. Bush[45].

Caradori era un tipo muy curioso, quizá demasiado curioso para ciertos poderes, incluso llegó a descubrir, aparentemente, los vínculos entre la Credit Union utilizada por la Casa Blanca y la CIA para blanquear el dinero del famoso caso Irán-Contra, en el que se gratificaba a algunos de los miembros que intervenían en estas operaciones, facilitándoles niños para abusar sexualmente de ellos.

En la Convención Nacional Republicana de 1984 en Dallas, Larry King hizo gala de una gran ostentación financiando una recepción valorada en un millón de dólares, por entonces algo inasequible para el salario anual del señor King.

Caradori estaba tirando de la madeja y descubriendo muchas cosas, pero aquel fatídico 11 de julio despegó en su avión privado desde Chicago, con dirección a Nebraska. Algunas personas fueron testigos del accidente de su avión y afirman que vieron un destello en el cielo, seguido de una fuerte explosión; algunos medios de comunicación informaron de que la nave de Caradori explotó en vuelo antes de estrellarse. Sin embargo, con posterioridad, estas noticias fueron modificadas para informar de que la nave se había estrellado contra el suelo, y que tanto Caradori como su hijo de ocho años habían fallecido.

En la oficina del *sheriff* local se informó de que entre los restos encontrados se descubrieron una serie de fotografías de pornografía

45. Véase al respecto el artículo de Paul M. Rodríguez y George Archibald titulado «Homosexual prostitution inquiry ensnares VIPs with Reagan, Bush», *The Washington Times*, 29 de junio de 1989. http://whatreallyhappened.com/WRHARTICLES/Franklin/FranklinCoverup/franklin.htm.

infantil. Cuando el FBI llegó, se hizo con ellas para, posteriormente, destruirlas, y de manera sincrónica, otros agentes del FBI entraron en la oficina del propio Caradori, donde se apoderaron de sus archivos personales.

Otro agente del FBI se presentó en la Oficina Federal de Nebraska exigiendo la entrega de todos los archivos del caso. Por entonces, la Casa Blanca, desde la que George Bush padre gobernaba, comenzó a ejercer presiones sobre los investigadores del caso, para tapar el escándalo Franklin.

Colby, exdirector de la CIA, intentó investigar el escándalo Franklin; tenía una serie de informes preparados, en los que, presuntamente, se demostraba la participación de la CIA en la utilización de prostitutas menores de edad, para chantajear a políticos y diplomáticos, pero, desgraciadamente, Colby murió en un sospechoso accidente de canoa en la bahía de Chesapeake el 27 de abril de 1996. Como vemos, otra oportuna muerte que silenciaba una vez más el escándalo.

En torno a este escándalo se produjeron muchas muertes oportunas. Hablaremos de 15 casos, algunos murieron en circunstancias más que sospechosas, otros de forma violenta y otros, sencillamente, de manera inexplicable. Como homenaje a aquellos que perdieron la vida, vamos a recordar sus nombres y sus muertes:

1. Bill Baker. Dueño de un restaurante en Omaha y socio de Larry King en algunas operaciones de pornografía homosexual. Apareció con un disparo en la parte posterior de la cabeza.
2. Shaun Boner. Hermano de Troy Boner, quien fue víctima y testigo en este caso. Fue encontrado muerto por una herida de bala de «ruleta rusa».
3. Gary Caradori. Investigador jefe del Comité Legislativo Franklin. Caradori dijo a personas cercanas antes de su muerte que tenía información importante sobre el caso gracias a unos «soplos» que había recibido. Murió cuando su avión se estrelló el 11 de julio de 1990.

4. Andrew «A. J.» Caradori. Murió a la edad de ocho años junto a su padre cuando el avión en el que viajaban se estrelló en extrañas circunstancias.
5. Newt Coppel. Un informante confidencial de Caradori, persona clave dentro de este caso que, aunque se encontraba en excelentes condiciones físicas, murió mientras dormía en marzo de 1991.
6. Clare Howard. Exsecretario de Allan Baer, y presuntamente quien le arreglaba sus citas con jovencitos. Howard murió también mientras dormía en 1991.
7. Mike Lewis. Se hizo cargo de Loretta Smith, que era víctima y testigo en este caso. Murió de una reacción diabética grave a la edad de 32 años.
8. Joe Malek. Socio de Larry King y propietario de Peony Park, lugar donde se celebraban las presuntas fiestas de homosexuales. Murió por arma de fuego, aparentemente, un suicidio.
9. Aaron Owen. Hermano de Alisha Owen, víctima y testigo en el caso. Fue encontrado ahorcado en su celda de Lincoln (Nebraska), horas antes de que su hermana declarase en el juzgado.
10. Charlie Rogers. Presunta pareja homosexual de Larry King. Días antes de su muerte, Rogers confesó a sus amistades que temía por su vida. Le volaron la cabeza con una escopeta. Se descartó el suicidio.
11. Dan Ryan. Otro socio de Larry King, apareció con síntomas de asfixia y estrangulamiento en su coche.
12. Bill Skoleski. Oficial del Departamento de Policía de Omaha, quien tenía un importante archivo sobre Larry King. Murió de un ataque al corazón.
13. Kathleen Sorenson. Familiar de Nelly y Kimberly Webb. Ardiente activista antisatánico. Murió en un sospechoso accidente de tráfico.
14. Curtis Tucker. Otro socio de Larry King que se cayó por una ventana del hotel Hollyday Inn, en Omaha.
15. Harmon Tucker. Director de escuela en Nebraska y en Iowa, conocido homosexual. Su muerte tuvo signos de asesinato ritual satánico. Se le encontró muerto en Georgia, muy cerca de las propiedades de

Harold Andersen, utilizadas por el jefe del FBI, Nicholas O'Hara, para cazar.

Si el lector está interesado en ahondar más sobre los sucesos acaecidos en este extraño caso, que parece que nos deja entrever qué sucede al otro lado del telón oscuro del poder, puede hacerlo a través del magnífico libro de John DeCamp, *The Franklin Coverup*, ya que lo que usted ha leído es una pequeña síntesis de las impresionantes revelaciones que se hacen en las páginas escritas por DeCamp, quien en la actualidad sigue, afortunadamente, vivo y reeditó este revelador documento en 2006[46].

Importantes medios de comunicación como el *The New York Times*[47] se hicieron eco del resultado del juicio en el que el gran jurado dictaminó que todas las acusaciones eran infundadas[48].

¿Realmente lo fueron? Lo mejor es que el lector saque sus propias conclusiones.

Posiblemente el lector se esté preguntando si todos los políticos del mundo son corruptos. La respuesta es no. Por supuesto, existe gente honesta que tiene como principal objetivo hacer el bien y conseguir riqueza para las sociedades que les es permitido gobernar. Pero, lamentablemente, en la cima del poder económico y político mundial aparecen espeluznantes casos que quizá abren una pequeña rendija por la que debemos asomarnos con el fin de hacer un retrato robot de lo que está ocurriendo en las más altas esferas del poder mundial.

46. Véase la página de la Wikipedia en inglés sobre el Escándalo Franklin: https://en.wikipedia.org/wiki/Franklin_child_prostitution_ring_allegations.

47. «Omaha Tales of Sexual Abuse Ruled False», *New York Times*, 27 de septiembre de 1990, https://www.nytimes.com/1990/09/27/us/omaha-tales-of-sexual-abuse-ruled-false.html.

48. «Omaha Grand Jury Sees Hoax in Lurid Tales», *New York Times*, 29 de julio de 1990, http://www.nytimes.com/1990/07/29/us/omaha-grand-jury-sees-hoax-in-lurid-tales.html.

¿Se puede mantener en secreto un trasfondo tan siniestro como este? Por poner un ejemplo, le diremos al lector que el proyecto Manhattan, en el cual se desarrolló la bomba atómica en Estados Unidos, se mantuvo en el más alto secreto, pese a que trabajaron en él más de 130 mil personas que no sabían para qué estaban trabajando. El proyecto tuvo un coste de 2000 millones de dólares de 1945 y se utilizaron casi 3000 kilómetros cuadrados en instalaciones y terrenos para llevarlo a efecto, y solamente un limitado grupo de personas conocía el objeto de tan monstruoso proyecto. Póngase usted en el contexto del año 2015 con toda la información controlada por las agencias de inteligencia; de este modo, llevar adelante operaciones secretas es, si cabe, mucho más fácil que hace 70 años.

Suponemos que estas pruebas mostradas pueden parecer puntuales e insignificantes, pero el caso Omaha ha existido también en otros muchos países, como, por ejemplo, Bélgica, que tuvo su caso Omaha en el conocido caso Dutroux.

Las sorprendentes declaraciones de Karen Hudes

Karen Hudes estudió Derecho en la Universidad de Yale y Ciencias de la Economía en la Universidad de Ámsterdam. Trabajó para el Export Import Bank de los Estados Unidos entre 1980 y 1985, y para el Departamento Legal del Banco Mundial entre 1986 y 2007. Esta mujer tiene las mejores referencias que puedan existir dentro del Banco Mundial, donde estuvo trabajando por más de 20 años. Tanto tiempo que llegó a descubrir cosas muy extrañas dentro de esta misteriosa entidad.

El Banco Mundial es un organismo dependiente de Naciones Unidas y, en principio, tiene como objeto asistir económicamente y proporcionar medios financieros y técnicos a los países del tercer mundo, ahora llamados «países en desarrollo». Supuestamente, esta entidad pretende reducir la pobreza, prestando fuertes cantidades de dinero a bajo interés.

Karen Hudes denunció públicamente en el año 2014, a través de diversos medios de comunicación, enormes conspiraciones y casos de corrupción dentro de esta macroentidad llamada Banco Mundial. Por ejemplo, afirmó que en las multimillonarias ayudas a Filipinas encontró una importante red de corrupción vinculada al presidente de este país. Cuando la señora Hudes empezó a tirar del hilo sobre el destino final de dichos fondos, que al parecer acababan en manos privadas, fue inmediatamente despedida. Desde aquel momento, Karen Hudes se ha convertido en una gran activista contra el sistema y el modelo bancario mundial.

Gary Franchi, del programa Next News Network, un canal de televisión independiente de los Estados Unidos, realizó una entrevista a la señora Hudes. En aquel programa Franchi le preguntó sobre qué tipo de personas se escondían detrás de los más importantes banqueros a nivel mundial, quiénes eran concretamente y si existía algún poder por encima de ellos. Al parecer, en la conversación con Hudes, Franchi menciona organizaciones secretas vinculadas a un grupo denominado los «Illuminati», así como otras organizaciones paralelas o inferiores a esta, que operan en el más absoluto secreto. La señora Hudes afirma que existen esas sociedades secretas, algunas de ellas vinculadas al Vaticano, que son las que realmente están controlando todos los aspectos de este planeta, y que aquellos que se encuentran en la cima de estas corporaciones secretas, o grupos de iluminados, no son humanos. Palabras literales de la señora Hudes. Son una especie diferente, que ella identifica con la desaparecida, o poco conocida, raza extinta *Homo capensis*. En la entrevista afirma que ese *Homo capensis* lleva entre los seres humanos desde la Edad de Hielo, y asegura que incluso llegó a intentar ayudar al actor, director, escritor y productor Edmund Druilhet para que realizara un documental sobre ello, pero jamás pudo llevarse a cabo. Se iba a titular *Los banqueros que tomaron Estados Unidos*.

El señor Druihet llegó a presentar a una serie de personajes que denunciaban la corrupción del sistema bancario, entre ellos se encontraba un neurólogo, formado en la Universidad de Yale, que trataba de descubrir el interior del núcleo en el cual habita esta corrupción bancaria.

La señora Hudes afirmaba también que estas entidades no humanas pueden aparearse con humanos, pero su descendencia no es fértil y recuerda bastante a la figura de los Néfilim bíblicos. Asimismo, Hudes aseguraba que, pese a que su aspecto es humano, tienen una cavidad craneal bastante mayor que la nuestra, un cráneo de forma alargada (véanse los dibujos adjuntos) y que, históricamente hablando, muchos reyes utilizaban coronas, mitras u otros complementos distintivos en la parte superior de la cabeza para camuflar ese aspecto que los diferencia del ser humano. Incluso afirma que uno de los patriarcas del pueblo de Israel, Moisés, solía llevar un tocado de este tipo para camuflar el origen de su ascendencia. Además, Hudes decía que tenía en su poder muestras de ADN de estas entidades no humanas.

Este tipo de seres denominados *Homo capensis* han sido hallados en varias tumbas alrededor del mundo, por ejemplo, en Sudáfrica o en Perú, y siempre estaban vinculados al poder real, íntimamente ligado a la divinidad.

Hudes no habla de gigantes, ya que son seres de aspecto similar al nuestro, con una estatura parecida a la media humana, pero, como hemos dicho antes, su elemento diferenciador es ese cráneo alargado que, curiosamente, nos recuerda mucho a cierta genealogía egipcia vinculada al faraón Akenatón, al que la historia le asigna el nombre de Amenofis o Amenotep IV. Su mujer, Nefertiti, tenía unos rasgos craneales idénticos al propio faraón, y su descendencia estaba dotada de la misma morfología craneal. Es curioso encontrar también esos cráneos alargados en el desierto de Paracas en Perú, donde recientes estudios genéticos de algunos de esos cráneos parecen concluir que NO SON HUMANOS.

Históricamente, se ha atribuido el alargamiento craneal a un proceso de deformación artificial ejecutado para alargar los

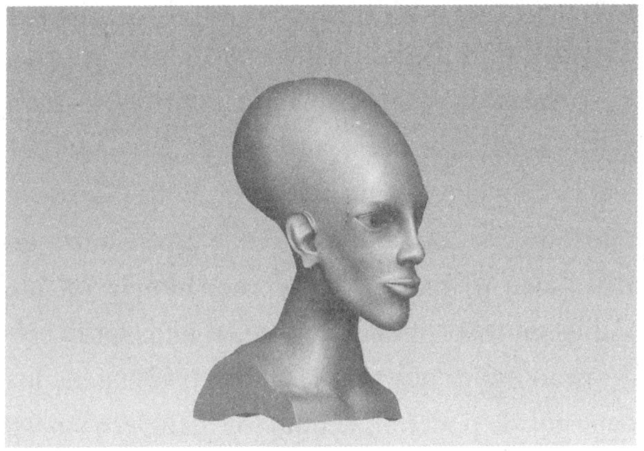

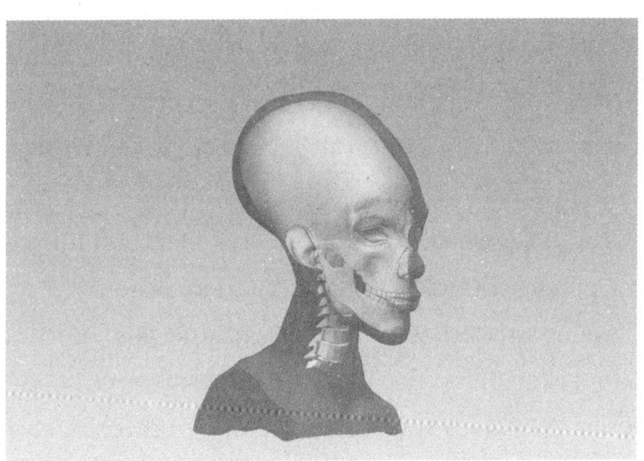

cráneos y diferenciar las castas reales del populacho. Al menos eso es lo que la ciencia ortodoxa afirma, pero hay una circunstancia que parece olvidar la ortodoxia, y es que por mucho que deformes un cráneo, nunca modificarás su capacidad. Sin embargo, estos cráneos deformados tienen una capacidad mayor que la de los humanos, que oscila entre el 24 % y el 40 %; por consiguiente, sus cerebros eran mucho mayores. Para que usted entienda el símil, le podemos decir que, si tiene un balón a medio inflar con una capacidad de un litro, por mucho que cambie o deforme su estructura externa, nunca modificará el volumen interno, es más, si se hubiese producido esa deformación artificial, la deformación externa ejercida nunca hubiese aumentado la capacidad craneal, en todo caso la habría reducido.

Pero continuemos con las explosivas e interesantes declaraciones de Hudes, quien afirma que en el cráneo humano el hueso parietal está dividido en tres segmentos; pero en estos seres, el hueso está unido. Asimismo indica que esta «especie» ha ocupado los más importantes puestos de poder en el mundo financiero y religioso. Sus miembros también ejercen un gran control sobre Internet, donde modifican o borran artículos con el fin de crear corrientes de opinión favorables a sus intereses y mantener sucinta su real existencia.

Karen Hudes indica que esas entidades tienen con nosotros, los seres humanos, una especie de «agenda secreta»; además, afirma que los medios de comunicación se hacen eco de su propaganda para reforzar su plan.

Al parecer, y según sus palabras, estos entes no humanos, pese a tener un elevado coeficiente intelectual, carecen de la creatividad y los sentimientos propios de los seres humanos, algo que, como hemos visto anteriormente, encaja a la perfección con la mente reptil de esas entidades que desde tiempos remotos han dirigido los designios del ser humano, arrastrándonos a guerras sin sentido, destrucción por destrucción, dolor, pobreza, necesidad y sacrificio, hacia el que, injustamente, nos han guiado de manera constante.

¿Dónde están nuestros amos?

Son muchísimas las pruebas existentes que indican que la raza humana pertenece a entes superiores, entidades que nos ven como nosotros vemos al ganado. Los libros sagrados hablan de ellos, las antiguas tradiciones conservan su recuerdo, los muros neolíticos muestran sus sombras, las leyendas recogen sus actos y la mitología recrea su vida.

Hoy en día no tenemos más que ser observadores y percibir que esas entidades siguen entre nosotros, no se han marchado. Esos seres situados en las más altas esferas de poder corrompen los gobiernos, nos controlan y vigilan, alegando que lo hacen por nuestra seguridad. Convierten a villanos en héroes y muestran a los auténticos héroes como villanos. Nos crean escasez de todos los bienes, nos hacen hiperproductivos, nos adoctrinan en sus tesis, nos fragmentan en estériles guerras que solo benefician sus necesidades y, por supuesto, nos inundan con leyes, en ocasiones contradictorias y en ocasiones absurdas, que tienen por objeto mantener un estricto y ceñido control del más mínimo aspecto de nuestra vida. Son el crimen organizado. Como decía el historiador y senador romano Cayo Cornelio Tácito, «cuanto más corrupto es el Estado, más leyes tiene».

Por si fuera poco, nos desorientan mediante unas leyes que están mutando constantemente y haciendo que lo que antes era bueno o normal, sea un delito, para posteriormente volverlo a permitir. Un ejemplo evidente son las velocidades de circulación, que pasaron en España de 120 km/h en autovías a 110 km/h, después volvieron a permitir los 120 km/h, para nuevamente cambiarlo en un futuro a 130 km/h; así es como operan, disociando nuestra percepción del bien y del mal.

Esas entidades las podemos ver en todos los templos de todas las religiones y en muchos restos arqueológicos. Están tan cerca de nosotros, y a la vez tan lejos, que impiden su correcta visión, han reescrito la historia alterando los acontecimientos a su favor y borrando los documentos que mostraban su verdadera cara.

Si usted es perspicaz y analiza adecuadamente toda esta información, verá que es perfectamente coherente y encaja como una espada en su vaina. Somos una propiedad, una pertenencia, un bien de entes suprahumanos que se han erigido por encima de nosotros;

somos una granja que alimenta a esas entidades. Al igual que el pastor cuida de su rebaño para posteriormente degollarlo y alimentarse de él, ellos también nos «cuidan» y mantienen para después alimentarse de nosotros de una forma distinta, pero igual de efectiva.

Esos seres tienen una acusada genética reptil; son, literalmente hablando, reptilianos que conspiran contra nosotros para mantenernos sometidos. Somos inconscientes esclavos que nunca se alzarán contra aquello que desconocen, y estamos tan profundamente dominados que incluso los defendemos y apoyamos en sus actos, sin pensar ni por un momento que formamos parte de una cadena alimentaria en la que nosotros somos un eslabón intermedio.

Los reptilianos se alimentan de nuestras energías

La gran pregunta es: ¿qué forma de alimento somos para ellos? Nosotros percibimos los alimentos como algo físico, digerible y asimilable por nuestro cuerpo, pensamos en carne, pescado, cereales o cualquier forma de sustancia que aporta energía, vitaminas, minerales y proteínas a nuestro soporte vital que es el cuerpo humano.

Si analizamos correctamente esta forma de alimentación, es una evolución desde los primeros vegetales capaces de asimilar minerales y transmutarlos, en un proceso aún hoy parcialmente desconocido por la ciencia, a nuestra amplia capacidad de asimilación por diversas fuentes, algunas aéreas, otras sólidas y otras, evidentemente, líquidas; la complejidad se amplía cuanto más elevada es la especie.

Esos reptiles se alimentan de nosotros no como fuente de proteínas, sino como fuente de energías sutiles que generamos, energías que emanan de nosotros cuando estamos sometidos a alguna forma de excitación; esta es la razón por la que nos «fabricaron» sensibles a las emociones y con una acusada capacidad de generar esas energías. Somos un producto de laboratorio a medida creado con parte de su genética, algo que les permite y facilita esa asimilación de manera más correcta; de ese modo, es muy fácil ver cómo en los ancestrales textos se nos recuerda que tenemos su imagen y semejanza.

Somos «hipersensibles» y, cuando el ser humano siente dolor, exhala esas apetecibles energías abundantemente; por esta razón, los antiguos sacrificios humanos estaban rodeados de un dolor insoportable, siendo la tortura psíquica y física una placentera fuente de esas energías que a ellos tanto los embriaga. Así pues, siempre que había ese dolor en los constantes sacrificios, los dioses aparecían y se mostraban para exigir más dolor; por consiguiente, muchas religiones o culto de esos dioses nos entregaban completas recetas culinarias. Por ejemplo, el texto bíblico del Deuteronomio es un auténtico libro de cocina con el método, momento, tiempos y lugar en el que se deben efectuar los sacrificios de animales o plantas, y dedica un capítulo completo a este tema, titulado «Indicaciones sobre los sacrificios».

Hoy en día, los grandes templos se han convertido en estadios, en polideportivos, en concentraciones y eventos masivos, donde los asistentes vibran por una u otra causa, generando enormes cantidades de esa energía que tanto bien hace a los reptilianos.

Las guerras, disputas y conflictos donde los humanos sufren son algo constante. Hoy en día, más de 36 países en el mundo están en estado de guerra; conflictos que producen continuas víctimas mortales; guerras que esos aurigas-reptilianos, infiltrados en las más altas esferas de poder mundial, justifican con palabras tales como «democracia», «libertad» y «justicia», que son el reclamo de la antítesis con la que pretenden obtener la aprobación de las masas a las que gobiernan y dominan.

Es como si el pastor pudiese explicar a las ovejas que el perro está para proteger el rebaño, cuando su auténtica función es evitar que se escapen de él, y es curioso ese paralelismo, ya que no son pocos los avatares o dioses-hombres que en sus respectivas religiones han sido considerados como «el buen pastor».

No los odie

A estas alturas, muchos lectores habrán cerrado el libro, unos indignados, otros sorprendidos y algunos preocupados, pero aquellos que han llegado a este punto, seguramente se preguntarán ¿qué podemos hacer?

Lo mejor es que usted mire hacia abajo para entender sus actos.

Algunas personas que conozco dejaron de comer carne y se hicieron vegetarianas por el profundo amor que sienten hacia los animales; son personas incapaces de alimentarse de algo que aman, hombres y mujeres sensibles que solo aceptan como forma de ingesta el mundo vegetal, esperando con ello no crear sufrimiento en el reino animal.

El efecto Backster

Pero, desgraciadamente, la inexorable estructura del universo hace que aquellos vegetarianos que intentan evitar causar dolor lo hagan de igual manera, ya que las plantas y el reino vegetal, en general, también sufren enormemente cuando se cercena la vida en ellos.

Fue el especialista en interrogatorios de la CIA Grover Cleveland Backster, más conocido como Cleve, quien en la década de 1960, después de un agotador día de trabajo y al regresar al hotel donde estaba de paso, tras sentarse a descansar y relajarse, pensó: «¿Qué ocurriría si colocase los sensores de la máquina de la verdad a una planta?».

En su habitación había un ficus con unas gruesas hojas, a las que colocó los sensores del galvanómetro que habitualmente utilizaba en los interrogatorios. Cuando puso la máquina en marcha, se dio cuenta de que no marcaba nada significativo, era como si la planta no generase ninguna forma de sentimiento.

Acto seguido, el Sr. Backster sacó un cigarrillo y, en el preciso instante en que encendió el fósforo, el galvanómetro comenzó a registrar nerviosamente una serie de emociones que la planta generaba; Backster apagó el fósforo y el galvanómetro dejó de registrar «sensaciones» de la planta.

Se dio cuenta de que el reino vegetal reaccionaba al entorno y comenzó una serie de investigaciones sorprendentes, con las que descubrió que las plantas no solo tienen sensaciones, sino que también disponen de una peculiar forma de inteligencia, ya que incluso cuando Backster ordenaba a alguien que acercase un fósforo a la planta, pero sin llegar a tocarla, la planta no percibía la amenaza porque, de alguna manera, sabía que no iba a ser quemada, era capaz de entender las intenciones del «atacante».

Backster descubrió que en casos de asesinato, cuando el culpable de haber asesinado a la persona que cuidaba de ciertas plantas pasaba cerca de ellas, las plantas reconocían al sujeto que había matado a aquel que tanto cariño y alimento les había dado, generando una vibración que recogía perfectamente la llamada «máquina de la verdad».

Solo la verdad te libera

Por consiguiente, y llegados a este punto, vemos cómo todo ser viviente que habita nuestro amado planeta disfruta o sufre, se alegra o deprime, y siente de una forma que, pese a ser distinta de la humana en su expresión, no por esto es menos intensa. De ese modo, podemos comprender que, aunque decidamos ser vegetarianos para evitar el sufrimiento animal, estamos creando otro sufrimiento en el reino vegetal.

El ciclo de la vida y la muerte es, sencillamente, inexorable, y si decidimos saltarnos este proceso, es la muerte por inanición la que nos alcanza, ya que incluso a aquellos que piensan que podemos saltarnos el reino animal y vegetal para sobrevivir, y producir sintéticamente nuestros alimentos con el reino mineral, debo decirles que en el mundo de los minerales también existen odios, empatías, reacciones y repulsiones, como si, de una forma muy simple, los minerales tuviesen también su propia inteligencia.

¿Con ello justifico a los reptilianos y su afán por mantenernos como rebaño en esta granja que llamamos planeta Tierra?

Reflexionemos sobre nuestro comportamiento con los seres inferiores: los utilizamos como alimento, como mascotas, como diversión, como mano de obra en duras tareas, como adorno o, sencillamente, como abrigo... ¿Podemos culpar a una especie superior por tratarnos de la misma manera?

Prefiero no ahondar en la respuesta y que sea el lector el que se forme su propia opinión al respecto. Puedo asegurar que esos reptilianos también serán objeto de esclavitud por entes superiores que quizá ni ellos mismos perciban plenamente.

Por consiguiente, ¿debemos odiarlos? Mi respuesta es simple: no los odie, pero tampoco los ame; sencillamente, ignórelos, no defienda su sistema. Tampoco sienta desprecio hacia ellos porque eso ensombrecerá su espíritu y no conseguirá eludirlos.

Mantenga una vida más espiritual y discipline sus emociones, no se deje llevar por ellas, ya que eso alejará a los depredadores de usted.

Recuerdo perfectamente las palabras de Carlos Castaneda en los años sesenta cuando su maestro chamán, Don Juan Matus, un viejo sabio mesoamericano, le confirmaba la existencia de los que denominaba «predadores», entes que cohabitaban entre nosotros secretamente y que se alimentaban de las energías que producían las emociones.

Don Juan le repetía insistentemente que para eludir y alejar a esos «espíritus» invisibles había que cortar su alimento, algo que solo era posible cuando se mantenía una vida en la que se dominaban las emociones, disciplinándolas.

Igual que hay personas que no parecen mostrar emociones frente a las alegrías o las malas noticias, hay personas que las muestran de forma abierta frente a los eventos felices o los acontecimientos que el infortunio nos regala.